意地悪な母と姉に売られた私。何故か若頭に溺愛されてます 3

美月りん

富士見L文庫

contents

序章　稲光

コンクリートのビルに囲まれて、月の光も届かない、この街の奥深く。

紫煙をくゆらしてたむろする、不良じみた若者たちのあいだをすり抜けながら、犬飼拓《いぬかいたく》海《み》は地下へと続く階段を下りていった。

仕立てのいい黒のスーツと、さらりとした薄茶色の髪。その爽やかな見た目は、この埃《ほこり》っぽい場所にはそぐわない。両腕のタトゥーや、鍛え抜かれた筋肉を見せつけるようにしている威勢のいい若者たちは、拓海を見上げると、さっそく挨拶代わりに睨《にら》みつけた。

「おいおい。ここはテメーみたいな坊ちゃんが来るところじゃねえぞ」

背中にからかうような声が飛んで来る。振り返ると、階段の一番上に座ったボス猿のような男が、ニヤニヤと口の端を吊り上《あ》げていた。周りにいる連れの男たちが、「お嬢ちゃんの間違いだろ」と言って、下卑た笑い声を立てる。

拓海は「はあ」と、大きくため息をついた。

「それはどうも。ご忠告を感謝いたします」

振り向いた「坊ちゃん」の表情に、子兎《こうさぎ》のような怯《おび》えの表情を期待していた不良たちは、その清々《すがすが》しい笑みを見て面食らい、次の言葉を失った。

由緒ある極道、犬飼一家《いぬかいいっか》の当主である拓海が、半端な不良ごときの脅しに動じないのは、当然のことだ。しかも先日の襲名式で、若頭の立場から正式に親分となった身である。

「お礼に、僕からも忠告をさせていただきます。僕は——」

拓海はふっと息を吐いて目を伏せてから、冷たく低い声で言った。

「あなた方のような坊ちゃんが話しかけていい相手ではありませんよ」

「なっ……」

野生の狼《おおかみ》のような瞳で、ギンとひと睨みされた不良たちは、大きく息を呑《の》む。

生粋の極道である拓海が、彼らに身の程をわからせるには、ただこうするだけでよかった。

「それでは失礼いたします」

その顔に再び笑みを戻した拓海は、そう言って踵《きびす》を返《かえ》すと、不良たちの前から颯爽《さっそう》と立ち去った。ここで揉《も》めるのは簡単だが、そんなことをしている暇はない。

（ようやく、奴の居場所がわかったんだ……）

これまでの人生でたったひとり愛《いと》しいと思ったひとであり、現在は尊敬する兄弟分の姐《あね》御《ご》として護《まも》るべき大切な存在であるあのひとを、卑劣な手段で襲った男。かつて拓海は、その男から彼女をかばったことで、右腕を負傷した。

（このケジメは、必ず僕がつけさせる――）

心の中で決意を口にしながら、重い鉄の扉を押す。と同時に、大音量の音楽と絶叫するような歓声が、拓海の耳に飛び込んできた。

ギラギラと照明が乱反射するフロアは、空気が籠っていてむわりと蒸し暑く、煙草《たばこ》と酒、そして甘い香水が入り交じった独特の匂いがあたりに立ち込めている。

汗を飛ばしながら踊る若者たちの集団を掻《か》き分《わ》けながら、フロアの奥へと進んだ拓海は、バーカウンターの端に座っている男に目を留めた。

（あの後ろ姿……）

男は黒のパーカーにブラックジーンズという黒ずくめの服装で、フードを目深にかぶっている。激しい音楽に体を揺らすこともなく、背中を丸めて次々と瓶の酒をあおっている様子は、まるで何かに怯えているようにも見えた。拓海は同じ酒を注文しながら、横目で男を観察する。

フードから覗《のぞ》く細い顎のラインと臆病そうな薄い唇。瓶を持つ腕は細く頼りなくて、やはり普段からナイフを使うような人種ではないのだろう。

あのとき負傷しながらも、逃げる男の姿は目に焼き付けた。特徴的な猫背の姿勢は、記憶のなかのそれと一致する。組織に属していないどころか、まともな住所すら持たない男の居場所を探し出すのは骨が折れたが、ようやく見つけることができた。

(——間違いない)

「お隣、いいですか?」

気さくな口調で声を掛けると、男の肩がびくりと上がる。拓海は男の返事を待たずに、隣のスツールに腰掛けた。

「だ、誰だよ、あんた」

男の瞳に映っているのは、極道の大親分や政界の大物ですらもつい警戒を解いてしまうほどの人懐っこい笑みであるはずだ。しかし震える声で尋ねるその顔には、明らかな怯えの表情が滲《にじ》んでいた。

「すみません。こちらから名乗るのが礼儀でしたね。僕は犬飼拓海といいます」

「犬飼……拓海……?」

「おかしいな。僕たちはお会いしたことがあるはずなのですが。それとも——目的の相手を殺《や》り損ねて動揺していたのでしょうか?」

ぎらりと光った拓海の瞳を見て、男は息を呑む。そして椅子から転げ落ちるように逃げ出そうとした。

——ガシャン。

拓海が男の腕を掴《つか》み、ひねり上げる。わずかに酒の残った瓶が転がり落ちたが、大音量の音楽が流れるフロアで、それを気に留める者はいなかった。同じように、男が上げる悲痛な声にも、誰も気づかない。

「ゆ、許してくれっ！　頼む……」

「話は静かな場所でゆっくりと聞くつもりでしたが——叫声を隠すには喧騒《けんそう》の中。クラブというのは、尋問をするのに案外いい場所かもしれませんね」

恐怖に歪《ゆが》む男の顔を瞳に映しながら、拓海はにこりと笑った。

「さて、本題です。日鷹菫《ひだかすみれ》という名前に覚えはありますね？」

「あ、ああ……」

「あなたは何故《なぜ》、彼女を襲ったんです？　彼女の立場を知っていれば、簡単に手を出せるような相手じゃないことはすぐにわかるはずですよね」

「知らなかったんだッ！」

男は叫ぶように言った。

「知らなかった……それは、どういうことです？」

「俺は頼まれただけなんだよ……金に困って、仲間を頼ったら人づてに依頼が来た。写真の女を傷つけたら、大金くれるって言われて……それで……その女がヤクザの女だってのは、あとで仲間から聞いたんだよ！」

「依頼の主は？」

そんな言い訳など聞きたくはないというように、拓海は腕を掴む手に力を籠める。

「ぐっ……SLY FOX だ」

「SLY FOX !?」

その名前を聞いて拓海は目を見開くと、思わず男の手を放した。

(まさか……いや、しかし奴らはこの街から姿を消したはず……)

「その名前は確かなんですね？」

「ああ。SLY FOX のゼウスって奴から、アプリを通して指令が来た。俺はその指示に従っただけだ。本当だよ、信じてくれ……」

ヤクザの報復を恐れた男は、膝をつき震えながら許しを請う。その情けない姿を見れば、男がなんの後ろ盾も持たない素人であることは歴然だった。

「——あなたに報復などしませんよ。そんなことをしても、なんの得にもならない。ただし、この街からは出て行ってください。再びその姿を見かけたときは、犬飼一家が黙っていませんよ」

拓海がそう言い放つと、男は「ひいっ」と悲鳴を上げ、転げるようにその場を立ち去った。

その哀れな丸い背中を見送りながら、拓海は思わずその名を呟《つぶや》いた。

「ゼウス……」

それはギリシャ神話における全知全能の神――。

彼が持つ無敵の武器は、雷だ。音楽が変わり、フロアは黄色い照明に包まれる。稲光のようなそれは、まるで拓海に警告をしているかのように、激しく点滅していた。

第一章　素直になれた理由

また、暑い夏がやってきた。

ここ数日は雨も降らず、かんかん照りのお日様が頑張っている。今朝も天気予報では、熱中症に注意するようにと、繰り返しアナウンスをしていた。

日鷹《ひだか》菫《すみれ》はそのことを思い出しながら、大きな鍋にたっぷりのお湯で、そうめんを茹《ゆ》でていた。

(桐也《とうや》さん、毎日暑くて繁華街の見回りが大変だって言ってた。今日の夕飯、冷たいそうめんなら、きっと食べやすいよね)

そんなことを思いながら、茹で上がったそうめんをざるに移し、冷たい水でもみ洗いをする。

そう思って、たくさんの量を茹でたが、しかしそれでも、桐也の胃袋には足りないだろう。

たくさんの薬味と、そうめんに合わせるおかずも用意していた菫は、メインのそうめんを盛りつけたあと、それらをテーブルに並べる。

大根おろしをたっぷりのせた豚肉の冷しゃぶに、茄子《なす》や獅子唐《ししとう》など夏野菜の揚げびたし、大きな海老《えび》の天ぷらは、見るからに身がぷりぷりとしていそうだ。

かつおだし香る手作りの麺つゆは、ピリ辛にしたものや梅味のもの、オリーブオイルにレモンという変わり種にも挑戦してみた。

（わ！　なんだかパーティーみたい！）

豆皿や小鉢をずらりと並べると、食卓が一気に賑《にぎ》やかになって、菫の心はうきうきと弾んだ。思わず深呼吸をすると、さっき刻んだばかりのネギやミョウガの爽やかな香りが、すっと鼻に抜ける。

菫の自由にして構わないという桐也の言葉に甘えて、最近は食器にも凝っているのだが、やはり彩りのいい食卓は、心を幸せで満たしてくれると、そう思った。

そしていつものように料理の写真を撮っていると、玄関のドアが開く音と共に「ただいま」という声が聞こえた。

「桐也さん！　おかえりなさいませ！」

いそいそと玄関に向かい、愛しい夫――日鷹桐也を出迎える。

外はよほど暑かったのだろう。ジャケットを肩にかけ腕まくりをした桐也が、シャツの襟元をぱたぱたとして体をあおいでいた。

「ああ、ここは涼しいな」

「今日は猛暑ですから、いつもよりお部屋を涼しくしておきました」

「助かる。着替えてから飯にしよう」

菫は「はい」と頷《うなず》き、寝室まで付き添ってジャケットを受け取る。すると桐也は、早くもシャツのボタンを外し始めた。くっきりとした鎖骨が露《あらわ》になり、菫は思わず赤くなって顔をそらしたが、そんなことには気づかない桐也は、そのまま菫に話しかける。

「今日の飯はなんだ？」

「え、えっと、そうめんです」

「そうめんか、悪くない。今日は暑かった」

「は、はい。なので、喉ごしのいい、冷たいものを用意しました」

「それはそそるな。早く、食べたい」

「…………」

菫は返事ができなかった。桐也が息を切らしているせいか、その声が熱を帯びたように聞こえてしまったからだ。

「……ところで、さっきからなぜ俺と目を合わせないんだ？」

「す、すみませんっ！　そういうわけでは――ひゃんっ」

顔を上げた菫は、つい、変な声を出してしまった。目の前にいる桐也は、シャツのボタンをすっかり外してしまっていて、厚い胸板と薄い腹が、ちらりと覗《のぞ》いている。血管の浮いた首筋は少し汗ばんでいて、思わずごくりと喉が鳴った。

「――ひゃん？」

「なっ、なんでもありません！　食事の準備をしてきますね！」

「あ、ああ」

きょとんとする桐也を置いて、菫は小走りに台所へと戻って行った。

（私ったら、なんてはしたない……！）

疲れて帰ってきた夫をねぎらうどころか、着替えている姿を見て、ドキドキしてしまうなんて――。

恥ずかしいが、最近こういうことがよくある。

菫は恋愛に慣れていないどころか、男性と付き合ったのは桐也がはじめてだ。家政婦としてひとつ屋根の下で暮らした経験を経ているとはいえ、そんな自分が、交際期間もなくいきなり結婚をしてしまった。

そんな状況であるから、桐也とのスキンシップに関して、菫は常に受け身の態勢である。

自分から桐也に触れたり、抱き締めたり、ましてロづけをするなど、恋愛初心者の菫に、できるはずがない。

そう、それなのに――。

最近の菫は、桐也を前にするとこんなふうに全身が熱くなって、心臓が飛び出しそうなくらいドキドキして、思わず彼の身体《からだ》に触れたくなってしまう。

理由は自分でもわかっている。最近は桐也と一緒にいる時間が少なく、寂しいのだ。

桐也は相変わらず忙しくしていて、若頭としての業務はもちろん、夜が更ければ繁華街の用心棒として、自ら現場へと赴いている。

龍桜会《りゅうおうかい》の企《たくら》みが表沙汰になったいま、この街の平穏はいつ崩れてしまってもおかしくはない。菫を襲った暴漢の正体もわからず、商店街の地上げを行っていた二人組の男についても、いまだ謎のままだ。そんな状況であるから、桐也が身ひとつで危険な現場に飛び込まなくてはいけない事情は、理解している。それに何よりも、菫は桐也の妻として、彼を支えていくという決意をしたばかりなのだ。

それなのに――。

(こんなことを思っているだなんて桐也さんに知られたら、嫌われちゃう……)

台所に戻った菫は、箸を並べることも忘れて顔を覆う。

思い返してみると、自分の身体がおかしくなっているのと同じタイミングで、桐也の態度にも異変があった。

話しかけても上の空であったり、スマホを何度も確認したり。それだけなら、何か仕事上の気がかりでもあるのだろうと気に留めないのだが、休みの日に家でくつろいでいるときにまで、スマホを片手にこそこそとひとりになろうとするのだ。

もしかしたら、菫のこの情けない気持ちはとっくに桐也に知られていて、愛想を尽かされてしまったのだろうか……そんなことを考えて、青くなった。

(胸はドキドキするけど、いつもと変わらない態度をしているし、変なことは言っていないはずだけど……)

そう思ったが、菫はあることを思い出してハッとした。

思い当たるのは、あの日の出来事である。


遡ること、数日──。

獅月組屋敷《しづきぐみやしき》の大広間には、桐也と菫を筆頭に、組員たちがずらりと勢ぞろいをしていた。

長机には、桶《おけ》に入った寿司《すし》に大きなピザ、フライドポテトやチキンナゲットなどのホットスナック、そして菫お手製のアメリカンドッグに山盛り唐揚げと、ご馳走《ちそう》が並んでいる。

桐也の片腕であるシンやゴウをはじめ、体格のいい組員たちがどっかりと座るなか、金髪頭の馬場勝《ばばまさる》──通称マサが、威勢よく立ち上がった。

「ええ～みなさま！　本日はこのめでたい日にお集まりいただきましてまことに――」

そこまで言いかけたところで、「話が長いぞ！」「早く飲ませろ！」と、先輩としてマサを可愛《かわい》がっているシンとゴウの、愛ある野次が飛ぶ。

「わーっかりましたよ！　それでは俺のハッピーバースデーを祝して……カンパ～イ！」

片手に缶チューハイを持ったマサが乾杯の音頭をとると、各々は手に持った好きな酒を掲げた。「乾杯～！」と、広間に野太い声が響き渡る。

その声に目を丸くしながらも、菫も手に持ったオレンジジュースを一口飲んだ。

「ぷっはぁ！　ビールうっま！」

「いやいや、やっぱめでたい席は日本酒だろ。寿司もあるしな！」

「ピザとレモンサワー最高だぜ！」

と、のっけから組員たちは大盛り上がり。みんな競うようにして、酒とご馳走にがっつき始めた。

「いや～おまえのおかげでうまい飯と酒が飲めるぜ！」

と、シンから肩を叩《たた》かれたマサは、早くも上機嫌だ。

「へっへ～！　感謝してくださいよねっ！　俺のハッピーバースデーがあったからこそのご馳走なんすから！　あっ、先輩！　ピザ食い過ぎっすよ！　照り焼きマヨネーズは俺の好きなやつなのにぃ～！」

そう言って、缶チューハイを片手に上座から下座まで、忙しく駆け回っている。

その子どものような姿を見て微笑《ほほえ》ましく思った菫は、ついクスッとしてしまう。すると、隣にいる桐也が言った。

「ったく……ガキじゃあるまいし、誕生日くらいで騒ぎやがって」

「でも、こうしてお誕生日会を開いてあげる桐也さんは、とってもやさしいです」

「べ、別に……あいつがどうしてもって言うからだよ」

菫の言葉に、桐也は少し顔を赤くして、手に持ったお猪口《ちょこ》の酒をぐいっとあおった。

照れ隠しでそんなふうに言っているが、組員たちを総動員して、マサの誕生日会の指揮をとったのは桐也である。そのことを知っている菫は、「ふふっ」と小さく笑った。

「それにしても、獅月組のみなさんはお酒がお強いんですね」

机の上には、缶のビールにチューハイ、一升瓶の日本酒に焼酎のパックまで、ありとあらゆる酒がずらりと並んでいて、それらをまるで水のようにがぶがぶ飲んでいる組員たちに、菫は圧倒されてしまう。

「まぁ、血気盛んな連中だからな。よく飲むし、よく食うよ」

そう言う桐也も、さっきから速いペースで日本酒のぬる燗《かん》を飲んでいて、しかしその顔色は普段と変わっていなかった。

桐也は菫とふたりきりのときには酒を飲まない。会食で飲酒をしているところは何度か目にしているが、そういうときの菫はたいてい、客をもてなすため忙しく立ち回っている。だからこうして彼の横に座り、酒を飲む姿をまじまじと眺めるのははじめてで、なんだか新鮮な気持ちになった。

「桐也さんも、お強いんですか？　いつも顔色ひとつ変えていらっしゃらないので」

そう訊《き》くと、

「まぁ、人並みくらいはな」

と言って、またお猪口を傾けた。

(桐也さん、本当はお酒が好きなのかな……私に遠慮して、飲まないだけなのかも。私も、一緒にお酒を楽しめたらいいんだけど、飲んだことがないし……)

見る限りノンアルコールを飲んでいるのは自分だけだったので、祝いの席の付き合いとして一口くらい飲んだほうがいいだろうかと、本当は少し迷ったのだ。

しかし成人してからいままで酒を飲むような機会がなく、菫はアルコールを口にしたことがなかった。自分が酒に強いのか弱いのかもわからない状態で飲酒をし、周囲に迷惑を掛けることになるほうがよくないだろうと思い、遠慮をしたのである。

もっとも――有無を言わさず桐也にオレンジジュースを注がれてしまったからというのも、あるのだけれど。

（お酒って、いったいどんな味がするのかな……）

桐也が酒を注ぐたびにふわりと甘酒のような香りがして、実はさっきから少し、興味を惹《ひ》かれているのだ。

（桐也さんに、一口くださいって言ってみようか……）

彼と一緒にお酒を楽しんでみたいという気持ちもあり、そんなことを考えていると――。

「兄貴！　どうぞ！」

と、髭面《ひげづら》にオールバックの髪型をした桐也の片腕、ゴウがやって来た。兄貴分の桐也が酒を飲み干したのを見て、すかさず酌をしにやって来たのだ。もうひとりの片腕、坊主頭のシンも横にいて、桐也の手の届かない場所にあるおかずを、山盛りのせた皿を差し出す。

「気を遣わなくていいぞ。おまえらも、今日は楽しめ」

「そういうわけにはいきませんよ、兄貴！」

「マサの野郎、あの調子じゃもちませんからね。俺たちがしっかりしねえと！　姐《ねえ》さんも、今日はゆっくりしてくださいね！」

シンにそう言われて、菫は頭を下げる。

（ん？　マサさんがもたないって、どういうことだろう……）

ひとつだけ言葉に引っかかったが、菫の前にも次々とおかずを差し出すシンの姿にあたふたして、聞きそびれてしまった。

「ありがとうございます。でも、今日はもう随分と楽をさせていただいたんです。本当は、私がもっとたくさんの料理を作るはずだったのですが、桐也さんが『今日くらいは休め』と言ってくださって」

桐也の気遣いを思い返して、知らず知らずのうちに頬が桃色に染まる。

「ばっ……余計なこと言うんじゃねえよ！」

組員たちの手前、桐也がそう制したが遅く、シンとゴウは尊敬する兄貴分のほっこりエピソードにすっかり興奮してしまった。

「さっすが！　兄貴はやっぱりやさしいっす！」

「はい、とてもやさしいです」

「やさしくてカッコいくて、サイコーの兄貴っすよ！　ねっ、姐御《あねご》！」

「はい！　サイコーの旦那さんです！」

「………」

夫を褒《ほ》め称《たた》える会話なら参戦しないわけにはいかないと、菫も一緒になって盛り上がったのだが、桐也は何故《なぜ》か赤くなって頭を抱えていた。

「ったく……おまえらは本っ当に……」

「？」

菫とシンとゴウが、三人揃《そろ》って同じ方向に首を傾けていると、「わあああ！」という叫び声が割って入った。マサである。

「兄貴！　主役の俺を置いてなに盛り上がってんすか！」

「盛り上がってんのはこいつらだけだ！」

「それよりこれ、食べてくださいよ！　俺の大好物のアメリカンドッグ！」

（あ、それ……）

マサが手に持っているアメリカンドッグは、菫が手作りをしたものだ。

桐也を尊敬――いや、崇拝をしているマサは、大切な兄貴分を奪われたと言って、菫のことを敵対視している。しかし、一番弟子（これはマサが自称しているだけということであるが）として桐也のもっともそばにいる彼と、菫はなんとかして仲良くなりたいと思っていた。

そのために、桐也から事前にマサの好物を聞いて、ふるまうことにしたのだ。

「これ、なんか知らねえっすけどめちゃくちゃうまいんすよ！　どこのやつっすかね!?」

たっぷり塗ったケチャップを飛ばしそうな勢いで力説するマサを見て、それが菫の手作りと知っている桐也が、ふっとおもしろそうに笑っていた。

（マサさん、おいしいと思ってくれたんだ。うれしい……）

しかし自分が作ったものだと名乗り出てよいものか、菫が迷っていると、桐也が言った。

「――おまえ、そのアメリカンドッグ誰が作ったか知ってるか？」

「えっ？　作る？　そりゃあ……店のもんだったら、工場とか……」

「それ、こいつの手作りだぞ」

「こいつって……ええっ⁉　じ、地味女の⁉」

桐也が親指で差した先を見て、マサは素っ頓狂な声を上げる。

「えっ、マ、マジかよ⁉　つかアメリカンドッグって作れんの⁉」

「はい。私も知らなかったのですが、レシピを調べたら意外と簡単にできました。準備が少し大変でしたが」

マサは机の中央にある、大皿に山盛りのアメリカンドッグをちらりと見て言った。

「そ、そんな……どうして……」

「だって、今日はマサさんの誕生日ですから！　大好物を、用意したかったんです。ホットケーキミックスを使っているので、ほんのり甘くて、マサさんのお好みだと思いますよ」

「じ、地味女……」

菫お手製のアメリカンドッグを絶賛した手前か、マサが言葉を失っていると、桐也が肩を叩いた。

「そういうことだ――菫はおまえと仲良くなりたくて、わざわざ俺に好物を聞いてまで作ったんだぞ。おまえも少しくらいは、歩み寄ったらどうなんだ？」

羽織っているシャツは豹《ひょう》柄であるが、まるで叱られた子犬のようにしゅんとしたマサが、「うう……」と唸《うな》る。

「マサさん……」

やはりそれでも、認めてはもらえないのだろうか。不安になった菫が、小さく名前を呼ぶと、マサが顔を上げた。

「……今日だけは、その……仲良くしてやんよ」

「マサさん……！」

「かっ、勘違いすんなよ！　今日だけだからな！　誕生日だから特別に――あいてっ！」

「何を偉そうなこと言ってんだよ、おまえは！」

やりとりを見ていた桐也が、もう我慢ならないとばかりにげんこつを食らわす。それを見て、シンとゴウがどっと笑った。

「だいたいなぁ、おまえが姐さんに適《かな》うわけねえんだって！」

「そうそう！　やっぱり姐御は、兄貴の一番よ！」

そう言われたマサはやけになったのか、「チックショー！」と叫び、反対の手に持っている缶チューハイを飲み干した。

「あっ、バカ！　やめろ！」

それを見た桐也が慌てて立ち上がったのだが——。

「きゅう……」

マサは子犬が鳴くような声を出して、ばたんと倒れ込んでしまった。

「マサさん！」

菫は慌てて駆け寄る。

「だ、大丈夫でしょうか!?　救急車を呼んだほうが——」

しかしおろおろしているのは菫だけで、桐也たちは動じることなく、「あーあ」とため息をついた。

「やっぱりこうなったか……」

「やっぱりって、どういうことですか？」

菫が桐也に訊き返すと、代わりにゴウが答えた。

「いつものことなんすよ。こいつ、酒むちゃくちゃ弱くて。なのに、すぐいきがって飲もうとするから……」

呆《あき》れるようにそう言うゴウの言葉を聞きながら、さっきシンの言っていた「もたない」というのは、そういうことだったのかと合点する。しかしとはいえ、マサの体が心配で桐也に訊いた。

「お酒に弱いのでしたら、なおさら大丈夫なのでしょうか？　やはり病院に……」

「ほっとけ。飲めない酒を飲むやつが悪い。それにそもそも、寝てるだけだしな」

「えっ？」

驚いてマサの姿を確認すると、たしかに「すうすう」と寝息を立てている。

「ほ、本当です……人はあんな一瞬で寝られるんですね……」

菫が驚いていると、桐也はため息をついた。

「これもいつものことだ。まぁ、今日はいつもより早いがな。テメーの誕生日で浮かれてたんだろ。ったく、どうしようもないやつだ……」

言葉とは裏腹に、桐也はマサの体にそっとジャケットを掛ける。相変わらず面倒見のいい夫を見て、菫はふっと笑みを浮かべた。

「本当っすよ。あんなジュースみたいな酒で情けねえ！　さっ、あんなやつは放っておいて飲み直しましょうぜ！　兄貴！」

と、ゴウが桐也の背中を押す。すると、元の席に座り直した菫にシンが言った。

「姐《ねえ》さん！　代わりに一杯いかがっすか!?」

思わぬ言葉に目を丸くしたが、これはまたとない機会だと思い、菫は頷《うなず》いた。

「はい、それではいただきます」

驚いたのは桐也である。

「おまえ、飲めるのか!?」

「実は私、お酒というものを飲んだことがないんです。でも、一度飲んでみたくて……おめでたい席ですし！」

「そうこなくっちゃ！　ささ、どうぞどうぞ！」

シンはそう言って、菫にお猪口《ちょこ》を渡し日本酒を注いだ。

「いい香り……それではいただきます！」

と、菫は迷わず口をつける。日本酒はアルコール度数が高く、酒を飲むのがはじめての人間が勢いよく飲むものではない。しかしそんなことは知る由もない菫は、あろうことかそれを一気に飲み干してしまった。

「お、おい！　大丈夫なのか⁉」

　桐也が思わず身を乗り出す。

　ごくりと飲み込んだ瞬間、胸がかっと熱くなり、菫は「はあっ」とため息を漏らした。

「……おいしいです！」

　はじめて飲んだ日本酒は、たしかに刺激的であったけれど、そのあとにまるでフルーツのような甘い香りがして、思ったよりも飲みやすかった。

「お酒って、すごくおいしいんですね！」

　そう言うと、桐也が安心したようにほっと息を吐く。

「これならもう一杯くらい、飲めるかもしれません」

「さっすが姐さん！　さ、もう一杯！」

　シンがそう言って、酒を注ごうとしたそのときである。

「――はら？」

　菫は「あら？」と言ったつもりであったが、呂律《ろれつ》が回らなかった。

「姐さん……？」

「な、なんだか……急に体が……」

　さっき日本酒を飲み込んだときとは比べものにならないほど体が熱くなり、景色がぐるりと回転し始める。

「菫？　大丈夫か？」

桐也が慌てた表情で菫を覗《のぞ》き込んでいるのが、うっすらと視界に映った。瞬間、その景色がぐらりと不安定に揺れる。

「あっ……」

「菫！　菫っ！」

愛《いと》しいひとの声が、まるで夢のなかのように遠くから聞こえている。

あの日のことで菫が覚えているのは、ここまでだった。

＊＊＊

はじめて酒を飲んだ菫は、酔いが一気に回ったように、ふらりと桐也の胸に倒れ込んだ。

「う……んっ……」

「菫っ！」

「桐也……さん……わたし……」

菫は顔を真っ赤にして、「はぁはぁ」と大きく息を吐いている。

慣れない酒を飲んで、体調を崩してしまったのだろう。苦しげな表情をしている菫に、桐也は呼びかけるように言った。

「菫！　大丈夫か!?」

「だ、大丈夫です……」

その言葉に、ひとまず安堵《あんど》する。畳に額をつけて何度も謝っていたシンと、心配そうに見守っていたゴウも、ほっと息を吐いた。

「ちょっとふらっとしただけで……ご迷惑をおかけしてすみません……」

「そんなことはいい！　おい！　シン！　水を持って来い！　ゴウは毛布だ！」

頼まれたふたりは、「はい！」と言ってすぐに立ち上がる。

「桐也さん……」

腕の中で、菫が名前を呼んだ。

「どうした？」

「あの……わ、わたし……どうしたんでしょう……」

「体調が悪いのか!?」

「いえ……なんだか……」

菫は「はあっ」とひとつ息を吐いたあと、熱の籠った声で言った。

「──体が火照って、熱い」

「っ……!?」

桐也は思わず息を呑《の》む。何故《なぜ》ならその表情が、色っぽく見えてしまったからだ。

(お、俺は、こんなときになんてことを……)

しかし大きく跳ねた心臓は、ばくばくと収まらない。

「兄貴！　水、持ってきやした！」

「こちら、毛布です！」

シンとゴウの声が聞こえて、肩が上がる。

「あ、お、おまえら、い、今は来なくていいっ！」

菫のあられもない姿を見られたくなくて、慌てて制止をしたのだが、一歩遅かった。

シンとゴウは、襟元をはだけて顔を赤くする菫を見てしまい、手にしたペットボトルと毛布を渡すことも忘れ、ぎょっと固まってしまう。

「姐さん……」

「あ、姐御《あねご》……」

その顔がみるみるうちに赤くなり、桐也は叫んだ。

「み、見るなっ！　散れ！　散れっ！」

その声にハッとしたシンとゴウは、「す、すすすすみません！」と頭を下げて、水と毛布を置き脱兎《だっと》のごとく引き下がった。

（菫のこんな姿を誰にも見せるわけにはいかねえ……）

いや、菫はただ酔いのせいで体調を悪くしているだけなのだが、それにしても今の姿は、どうにも艶《なま》めかしすぎる。

幸いなことに、ほかの組員たちは宴会に夢中で、こちらの異変に気づいている様子はない。しかし桐也は、菫の姿を周囲に晒《さら》さぬよう、護《まも》るようにぎゅっと抱き締めた。

「んっ……桐也さん……熱いです……」

「き、きっと酔いのせいだろう。待ってろ、いま水を――」

「うーん……」

シンが机に置いていったペットボトルを取ろうとした桐也だが、菫の熱っぽい吐息に驚いて動きを止める。

「なっ⁉」

桐也は声にならない声を上げた。色っぽい表情はそのままの菫が、今度はなんと、ブラウスのボタンを外そうとしているではないか。

「ま、待て！　何をしてる⁉」

「んっ……熱い……服……脱ぎたい……です……」

「いやですっ……だって、からだが、あつい……」

「や、やめろ！」

桐也が止めるのも聞かず、菫はぷちぷちとボタンを外してしまい、真っ白で陶器のように滑らかな肌が露《あらわ》になった。明るい光の下で見る華奢《きゃしゃ》な鎖骨に思わずドキリとしてしまった桐也だが、我に返り首を振る。

（み、見惚《みと》れている場合じゃねえ！　早くこいつをなんとかしないと……！）

しかし動揺しているせいか、いつになくあたふたとしてしまい、冷静な判断を下すことができない。そうこうしていると——。

「うーん……兄貴ぃ〜……」

そばに寝かせていたマサが目を覚まそうとしていた。

（ま、また厄介なことになる……！）

そしてその予感は、すぐに現実となった。

「って、ああーっ！　兄貴！　俺が寝ているあいだに、何イチャイチャしてんすか！」

体を起こしたマサがこちらを指差し、泣き出しそうな声で言う。

「イチャイチャなんかしてねえ！　見りゃわかんだろ！　酔った菫を介抱してんだ！」

そうは言ったものの、この状態でその言い訳は、少々苦しい。しかしマサの論点は、そこではなかった。

「ひどいっすよう！　今日は俺の誕生日なんすから、俺とイチャイチャして欲しいっす！　いや、するべきっす！」

「何言ってんだおまえ⁉」

ことは想像以上に厄介になり、桐也は思わず声を張り上げる。その声にハッとして、うつろだった菫の瞳が大きく見開かれた。

「菫⁉　大丈夫か？」

桐也が訊《き》いたが答えず、今度はおもむろに立ち上がる。顔はうつむいていたが、すっと背筋を伸ばしたその立ち姿は、どこか貫禄《かんろく》すらあった。

「す、菫……？」

名前を呼ぶと、ゆらりと顔を上げる。そして出てきた言葉は——。

「——誰の前でガタガタ騒いでるんや、マサ」

なぜか訛《なま》っていた。

しかも普段の彼女からは想像もできない、低くドスの利いた声である。

「…………えっ？」

桐也は思わず、間の抜けた声を出して固まった。驚いたのはマサだ。

「なっ、なんなんだよ、地味女！　おかしな喋《しゃべ》り方しやがって――」

「黙《だま》りぃ！」

「!?」

一喝されたマサは、その思わぬ迫力に圧倒されて押し黙る。菫はギロリとマサを睨《にら》みつけると、胸に手を当てて見得を切った。

「わては獅月組若頭・日鷹桐也の妻《おんな》や！　文句があるんやったら、わてと直接勝負しぃ！」

さっきまでとろんとしていた目はキッと吊《つ》り上《あ》がり、自信たっぷりの顔つきだ。

その堂々たる立ち姿は、まさに極道の妻である。

(こ、今度は人格が変わってしまった……！)

この喋り方には覚えがある。結婚してしばらく経《た》った頃のことだ。

『桐也さんの妻として、極道の妻として、ふさわしい女になれるよう勉強いたします！』

菫がそう言って、任侠《にんきょう》ものの映画を片っ端から見ていったことがあったのだ。その中に、まさしく極道の男と結婚した妻を描いた作品があり、菫が妙に感心しながら鑑賞していたことを思い出す。

(ま、まさかその影響で……？)

酔って人格が変わるというのはよく聞く話であるが、こういうベクトルで変わるタイプを見るのは、桐也もはじめてだ。どうしたものかと頭を抱えたが、思い直す。

(いや、しかし服を脱ぎ始めるよりはマシかもしれない。いくら相手がガキのマサでも、菫のあられもない姿を見せるわけにはいかないからな)

しかし事態はそう甘くはなかった。

「あ、姐御……！」

「は？」

聞き慣れない言葉が聞こえて見ると、マサはまるで女神でも拝んでいるかのように両手を組み、跪《ひざまず》いていた。

「か、かっこいいっす……！」

いったいどういうわけかとしばし考えた桐也は、マサが菫を見つめるその瞳が、大好きな戦隊ヒーローを見ているときのようにキラキラと輝いていることに気づいてハッとする。

(ダメだ！　今度はマサの『強い者は無条件で好きになる』舎弟魂を刺激しちまった！)

「お、俺！　一生姐御についていきやすっ！」

マサが声を張り上げると、菫がキッと凄《すご》みのある目つきで睨みつけた。

「ほな地獄の果てまで覚悟しいや！」

「はいいいいっ！　姐御〜！」

もはや忠犬と化したマサが、まるで尻尾を振ってじゃれつくように、菫にすがりつこうとしている。しかしすっかり極道の妻となっている菫は、腕を組んで仁王立ちをしたまま、その場を動こうとしなかった。

（マズい！）

マサは敬愛する人物に対して、スキンシップで愛情表現をするタイプであり、桐也は毎日のようにまとわりつかれている。よもや菫に対してそんなことをするまいが、この状況ではわからなかった。

酔っ払ったふたりの暴走を止めるため、桐也は負けないくらいの大声で叫ぶ。

「マサぁあああ！　止まれえええ！」

敬愛する主人が名前を呼ぶ声が聞こえて、忠犬マサの心の尻尾がピンと立つ。

「あ、兄貴!?」

四《よ》つん這《ば》いのまま我に返ったマサが、ハッと顔を上げて「待て」の姿勢になる。その隙に桐也は素早く菫の手を引くと、こちらに引き寄せた。

「菫！」

「あんた！」

　はじめて聞く呼び方で呼ばれ、桐也は頭を抱えた。

「……菫、少し休もう。水でも飲んで──」

「極道の妻に休んでる暇などありまへん！　わては地獄の果てまであんたについていくと誓いましたんや！」

「わかった！　わかったからいったん落ち着け！」

　普段のおっとりとした彼女の様子からは想像もできない剣幕に圧倒されながらも、肩に両手を置き、語り掛けるようにして必死になだめる。すると、さっきまできりりとしていた菫の表情が、だんだんといつもの柔らかいものに変わっていった。

（いいぞ、正気に戻ってきた！）

「菫！　菫！」

「わてはマサにケジメを……はれ……？　桐也しゃん……？」

　表情の変化に合わせて、流暢《りゅうちょう》に喋っていた台詞《せりふ》じみた言葉も元に戻り、ようやく桐也の名前を呼んでくれる。しかし再び目はとろんと垂れ下がり、頬もまた赤くなっていた。

（このままじゃ、また服を脱ぎ始めるかもしれねえ）

　そう思った桐也は、咄嗟《とっさ》に菫を抱き上げる。俗に言うお姫様抱っこというやつであるが、いまはそんなことを恥ずかしがっている場合ではなかった。

「菫！　俺たちの部屋に戻るぞ！」

「えっ、で、でも、ましゃしゃんのパーティーは……」

「そんな状態で居られないだろう。とりあえず休むんだ」

桐也はそう言って、盛り上がる宴会の場をあとにする。主人の命令で律儀に「待て」をしていたマサが、ふたりの動きに気づいて叫んだが――。

「あっ、姐御《あねご》！　いや、兄貴！　どこ行くんすか!?　姐御！　兄貴！　あれ？　お、俺はどっちを選べばいいんだぁあああ！」

桐也は振り返ることなく、長い廊下にはマサの悲痛な叫びだけがこだました。

「ここならどうなっても大丈夫だ……」

寝室のベッドに菫を寝かせた桐也は、ふぅと思わずため息を吐いた。

やはり酔いが回っていたのだろう。顔を赤くしていた菫は、ベッドにおろした瞬間に安心したような表情になって、今はすやすやと眠っている。

（まったく、無茶をする……）

傍らに腰掛けた桐也は、その安らかな寝顔を見て、また小さく息を吐いた。

彼女のことだから、おそらく周囲に気を遣って、飲めるかもわからない酒を口にしたに違いない。しかし酒を勧められたときの、あのうれしそうな表情を見る限り、一度酒を飲んでみたかったという言葉も嘘《うそ》ではないだろう。

(俺たちと同じやり方で、同じ時間を楽しみたかったんだな)

桐也は菫の気持ちを、そう推測した。

マサの誕生日会をすると言ったとき、菫の目は一瞬で輝いた。そしてすぐに、あれこれとパーティーに用意するご馳走《ちそう》の提案をし始め、桐也がいったん落ち着かせたほどだ。

マサの好きな食べ物はジャンクフードばかりであるし、こんなときくらいは家事を休んで構わないと言ったのだが、ならばせめて——と、菫は彼の大好物であるアメリカンドッグを、なんと手作りしてくれた。

——私、張り切って準備をしますね！　楽しい会にしましょう。

そう言って、晴れやかに笑っていた彼女の表情を思い出す。

(この会を誰よりも楽しみにしていたのは、きっと菫だ……)

母と姉に虐げられ、孤独に育った彼女。広間の飾りつけをしながら、自分にはこんなふうに誕生日会を開いてくれる家族は誰もいなかったと、ぽつりと言っていた。

十四で母に捨てられた桐也も同じだ。そしてマサもまた、家庭に恵まれず不幸な生い立ちをしている。

自分がしてもらえなかったことを、大切な誰かにしてやりたくて。

そして哀《かな》しい過去を、少しでも忘れて欲しくて。

なんてことは、少し格好をつけすぎなのかもしれないが、家族同然に接している組員たちの希望は、できるだけ叶《かな》えてやりたかった。菫はそんな桐也のことを「やさしい」と言ったが、しかしそうすることで救われているのは、むしろ自分のほうなのだ。

そして、きっと——。

(おまえも同じ気持ちなんだろうな)

桐也はそっと、菫の頭を撫《な》でた。

「んっ……桐也……さん……？」

「悪い。起こしちまったな」

「いえ……あの、わ、私……どうしてお部屋に……？　マサさんのお誕生日会をしていたはずでは……」

「覚えていないのか？　酔っ払って大変だったんだぞ」

「ええっ、そんな！　っ……」

起き上がろうとした菫は、こめかみを押さえて顔をしかめた。

「どうした⁉」

「あ、頭が……痛いです……」

「それも酔いのせいだな。起きなくていいから、そのまま寝ていろ。まったく、おまえがこんなに酒に弱いとは思わなかったよ」

「すみません……私、本当にお酒を飲んだことがなかったんです。みなさんでわいわいするお誕生日会もはじめてで、とっても楽しくって、つい……」

「──そうか」

桐也は頷《うなず》いて、今度は小さな子どもにするように、強く頭を撫でる。

「でも、もう無理はするなよ」

「はい……まだ頭がふわふわします……なんだか……夢の中にいるみたい……」

そう言って、菫の目は再びとろんとし始めた。

「少し、水を飲んだほうがいいな。待ってろ──」

確か冷蔵庫にミネラルウォーターがあったはずだと、桐也は腰を浮かせる。その体が、くんと小さく引っ張られた。見れば、菫がシャツの裾をつまんでいる。

「菫？」

「──行かないで」

菫は恥ずかしそうに顔を伏せて、か細い声でそう言った。

「もう少し……そばにいて、欲しいです……」

「体調が悪いのか？」

桐也が訊《き》くと、ふるふると小さく首を振る。そして少しのためらいのあと、思いも寄らない言葉を口にした。

「…………寂しい、です」

「寂しい？　俺は、ただ水を取りに行くだけで――」

「そうじゃありません」

菫は言葉を遮り、ぎゅっと強い力で、桐也の腕を掴《つか》んだ。

「……今から私が言うことは、ただの我儘《わがまま》です。だから、聞き流してください」

「ああ、わかった。だから、なんでも言え」

「私、ずっと不安なんです……」

「不安？」

「はい……あの事件のあと、桐也さんは現場に行くことが多くなりました。家にいる時間は前よりも少なくなって、私はずっとひとり……いえ、それはいいんです。ただ、ひとりで家にいると、もし桐也さんに何かあったらどうしようって、そんなことばかりを考えてしまって、不安で……たまらなくて……」

菫は消え入るような声で話した。

「菫……」

あの事件——とは、菫が暴漢に襲われた事件のことだ。刃物を振るわれて、それをかばった拓海《たくみ》が腕に負傷した。それをきっかけに龍桜会の企《たくら》みが明るみに出て、獅月組のシマは、いつ抗争がはじまってもおかしくない状況になっている。

菫を襲った犯人は、いったい誰なのか。そして、龍桜会と組んで地上げ行為を行っていた二人組の男の正体は——。

最近の界隈《かいわい》に大きな動きはなく、繁華街は一見、変わらぬ毎日を取り戻している。

しかし桐也が抱える問題は、山積みだった。そのせいで菫に不安な思いをさせていることは、もちろんわかっている。しかし気丈に振る舞う彼女の姿に、すっかり甘えていたことを痛感した。

「最近はふたりでゆっくりお話しする時間もありませんでしたから、少し、寂しくなってしまったんです……ダメ……ですよね。私、極道の妻になるって決めたのに。どんなときも、桐也さんを支えるって、誓ったのに。こんなに弱くちゃ……ごめ……なさい……」

菫の声はだんだんと途切れ途切れに小さくなり、すうすうと安らかな寝息に変わった。

目を閉じた拍子に、すっと一筋の涙が頬をつたう。

「謝るのは俺のほうだ。いつも寂しい思いをさせてごめんな……」

桐也はそう言って、涙の跡にそっと口づけをした。

＊＊＊

（私、あのとき桐也さんに何かしてしまったのかも……）

桐也の態度がおかしくなったきっかけだと思われる、マサのパーティー。

その日にあった出来事を、さっきから一生懸命に思い出そうとしているのだが、シンに勧められて酒をひとくち飲んだあとの記憶が、まるでないのだ。

「桐也さん、今日のメニューはいかがですか？」

思わず口にしたのは、桐也がずっと黙りこくっていたからだ。

どこか上の空でいるようにも見えて、そうかと思えば、そわそわと胸ポケットのスマホを取り出して覗《のぞ》いたり。食事中にそんなことをするのは、桐也らしくなかった。

「あっ、ああ……悪くない」

菫に声を掛けられて、桐也は歯切れの悪い返事をすると、かき込むようにしてそうめんをする。喉ごしのいいそうめんは、暑い夏の茹《う》だった体に、ぴったりのメニューだと思ったのだが、口に合わなかったのだろうか。それとも——。

（やっぱり私、酔っ払って桐也さんに何か失礼なことを言ったんだ……）

桐也の態度がどこかよそよそしくなった理由は、そうとしか考えられなかった。

「と、桐也さん！」

とにかく謝ろうと、菫は箸を置く。しかしその矢先、桐也のスマホが小さく鳴った。

「悪い、少しだけ待ってくれないか？」

「は、はい」

いつになく慌てた様子でスマホを取り出す桐也の様子を見て、菫は頷く。

いったい何があったのだろうかと、固唾を呑《の》んで見守っていると、桐也は画面を確認したあとで、「よしっ」と声を漏らした。

「菫！　予約が取れたぞ！」

「よ、予約？　なんのことですか？」

桐也は笑みを浮かべて、スマホの画面を見せた。

「食事の予約だ」

「食事、ですか？」

「ああ、人気のレストランで、数か月先まで予約で埋まっているんだが、キャンセル待ちを申込みしておいたんだよ。それが無事に取れたと、メールがあった」

見せられた画面の文字を読むと、確かにその旨が書かれていた。しかしそれが、いったいどういうことなのかわからず、菫は首を傾《かし》げる。

「えっと、あの……」

その戸惑う様子を見て、桐也はハッと我に返ると、少し顔を赤くした。

「ああ、その……なんつーか……今度、ふたりでディナーにでも行かないかと思ってな」

「ふ、ふたりで……ディナー……！　う、うれしいです！」

「本当はすぐにでも誘おうと思ったんだが、あいつらが言うには、こういうのにもいろいろあるらしくてな。調べていたら、遅くなっちまった。それにしても……やれ汚い居酒屋はやめておけだの、ムードを大切にしろだの、それくらい俺でもわかるっての……」

おそらく店を選ぶにあたり、シンやゴウたちから、あれこれとアドバイスをされたのだろう。その様子を想像して、つい、ほっこりと和んでしまった。

「あの、もしかして……最近スマホばかり見ていたり、そわそわとしていたのは、そのせいだったんですか？」

「ああ、悪かった。いざおまえと行くと決めたら、すげえ迷っちまってな。ようやく見つけた店は、予約がなかなか取れなくて。つい、焦っちまった。ったく……仕事ならこんな情けねえことにはならねえのによ。俺はおまえのことになると、まるでからっきしだ」

桐也はそう言って、ふっと笑う。そして、菫の顔をじっと見て言った。

「菫……寂しい思いをさせて、悪かったな。今度の時間は、ふたりでゆっくりと過ごそう」

「桐也さん……」

その言葉に息を呑み、菫は両手で口元を覆う。

「ありがとうございます……私、ずっと不安で……寂しくて……でも、こんな情けない気持ちは伝えちゃいけないって、そう思っていました。それなのに……どうしてわかったんですか？　桐也さんは、まるで魔法使いさんです」

涙ながらにそう言うと、きょとんとした顔になって言った。

「いや、俺は魔法使いさんではないぞ」

「も、もののたとえです」

まさか真顔で訂正されるとは思わず、菫は赤くなる。しかし桐也は、いったいなんのことを言っているかわからないというように首を傾げ、しばらくしてから言った。

「もしかしておまえ……覚えていないのか？」

「何を、ですか？」

「マサの誕生日会でぶっ倒れた日のことだよ」

「す、すみません！　実は私、あの日の記憶がないんです……お酒をひとくちいただいたところまでは覚えているのですが……やっぱり私、何か桐也さんに失礼なことを!?」

焦ってそう言うと、桐也は「いや」と首を振った。

「それはないから安心しろ。ただ――」

「ただ……？」

菫は固唾を呑んで、次の言葉を待つ。すると、桐也は何かを思い出したようにハッと目を見開いて、そのあと何故《なぜ》か、真っ赤になってしまった。

「お、おまえ！　二度と人前で酒飲むんじゃねえぞ！」

「は、はいっ！」

そのあまりの迫力に圧《お》されて、菫は慌てて大きな返事をする。しかし桐也の顔は赤いままで、結局その日に菫が何をしでかしたのかは、教えてもらえなかったのであった。

第二章　狡い狐

束《つか》の間《ま》の平穏な日常は、拓海《たくみ》からの一報によって破られた。

菫《すみれ》を襲った暴漢を突き止め、その背後にいる者の正体がわかったと、連絡があったのだ。

マサの運転で拓海を迎えに行った桐也《とうや》は、車内が一番安全だろうと判断して、さっそく話を切り出す。

「――それで、菫を襲ったのはどこのどいつだ？」

「僕の見立てどおり、完全なる素人でした。不良に毛が生えた程度のごろつきで、名前を聞くまでもありません。無論、桐也さんが直接手を下す必要もない相手です。僕が脅しをかけておきましたから、もうこの街に顔を出すことはないでしょう。問題は――」

「――背後にいる連中だな」

先回りをしてそう言うと、拓海は「ええ」と静かに頷《うなず》いた。

「その男は金に困って仲間を頼り、菫さんを襲うことを仕事として請け負ったそうです。いわゆる闇バイトですね。メッセージアプリを通じて指令を受け取り、犯行に及んだ……

よって、菫さんが獅月組《しづきぐみ》の関係者——桐也さんの妻であることは知らなかったようです」

桐也は唇を嚙《か》み締《し》め、震える拳をぎゅっと握る。

この街の二大勢力である獅月組の若頭ともなれば、自身や家族の身が狙われる可能性も覚悟している。だがしかし、こそこそと闇に紛れ、あろうことか堅気の人間を使うなど、任侠道《にんきょう》を重んじる桐也にとって、それは許すことのできない卑劣なやり方だ。

「そいつは犯行を指示した奴らのことを吐いたのか？」

苛立《いらだ》つ気持ちをどうにか抑えながら、つとめて冷静に訊く。

「はい。やはり組織に属していない人間は脆《もろ》いですね。すぐにうたってくれました」

「いったいどこの組だ⁉」

堪えきれず語気を強くすると、拓海は少しためらったあとで、ゆっくりと口を開いた。

「それが——依頼主はSLY FOXだと」

その名を聞いた桐也は、目を見開く。運転をしているマサの肩が、びくりと上がった。

「SLY FOX……あの、半グレ集団のグループか？」

「はい、おそらく。桐也さんもご存じですよね。彼らはかつて、隣町を拠点に詐欺や強盗などを繰り返していた犯罪組織。五年ほど前のことでしょうか。彼らが突如この街に現れ、各地でシマ荒らしを行うようになりました」

「ああ。うちのシマに手ぇ出して、冴《さ》えねえ詐欺なんかやりやがって——」

「その詐欺グループをたったひとりで潰したのが桐也さんでしたね」

拓海が小さく笑みを浮かべて言う。しかし当時のことを思い出した桐也は、忌々しげに舌打ちをした。

「だが奴らはしょせん末端で、結局大元には辿《たど》り着《つ》けなかった」

「そしてその後、忽然《こつぜん》と姿を消しました。新たな勢力を危惧して、うちも調査を続けていましたが、特定のアジトを持たない彼らの実態を摑《つか》むことは難しかった——」

拓海は長い睫《まつ》毛《げ》を伏せる。

「もしその男に指示を出したのが、俺たちの知っているSLY FOXで間違いないのなら、奴らはあの頃から何ひとつ変わっていない」

桐也は遠くを見つめるようにして言った。

一般社会からはみ出した存在の極道が、条理を唱えるなど、おかしな話だ。

しかし極道には、極道なりのルールがある。

それが仁義であり、古くからある任侠道だ。少なくともこの街の極道たちは、それを護《まも》ることで、互いの均衡を保っていた。

しかしSLY FOXのように組織を持たない集団には、そうした秩序がない。だからこの街が誰のシマであろうと関係ないし、堅気の人間だって平気で使う。

極道の代紋は、組織の誇りを象徴する重大なものであるが、彼らの名前は、ただの飾りに過ぎないのだ。

「――このまま野放しにはできないな」

桐也は小さく呟《つぶや》き、拓海も頷く。

「他に情報は？」

「指示役は、ゼウスと名乗っていたそうです」

「ゼウス？　偽名か」

極道の人間にも、公の通名を持つ者はいる。しかしその名前は、聞いたことがなかった。

「男の話によれば、こうした闇の仕事はすべてゼウスが取り仕切っていると――その正体についてはこれから調査をしますが、時間が掛かりそうです。メッセージアプリを使っているのも、足がつかないようにするためでしょうね。どこまでも卑怯《ひきょう》な連中ですよ」

不条理な相手に苛立っているのだろう。いつも冷静沈着な拓海が、珍しく感情を露《あらわ》にしていた。

「ゼウス、か……」

「ギリシャ神話における最高神――ゼウスは天空を支配すると共に、人間世界の政治や法律、道徳をも支配する。彼が携えている雷の武器は最強と言われ、世界を焼き尽くすほどの威力を持つそうです。まさに人を食ったような名前ですよね」

ふっと嘲るように小さく笑いながら拓海が言った、そのときだ。

「かみな、り……」

ハンドルを握っていたマサが、消え入りそうな声で呟いた。しかしその声を桐也は聞き逃さず、静かに尋ねる。

「マサ、おまえ――何か知っているのか？」

「あ、兄貴……俺、もしかしたら……そいつのこと知ってるかもしれないっす」

「なんだって？」

桐也は小さく身を乗り出す。

バックミラーに映るマサの顔は、今にも泣き出しそうに歪《ゆが》んでいて、ハンドルを持つ手が小さく震えていた。

「こいつは昔、そうとは知らずSLY FOXに関わってしまったことがあってな」

なかなか声にならないマサの代わりに桐也が説明をすると、拓海は驚いて顔を上げた。

「断れなかったんす……地元の先輩に頼まれて……」

マサは大きく息を吸ってから、弱々しい声でそう言うと、自らの過去を話し始めた。

当時のマサは、進学も就職もせず街をふらふらしていて、そんな矢先に、地元で有名な不良だった先輩に声を掛けられた。何度も食事に誘われ、有頂天になったマサは、あるとき仕事を持ちかけられる。

——ババアから金を受け取るだけの簡単な仕事だ。

先輩はそう言ったが、それが詐欺であることは明らかだった。しかし断れず、マサは自分が詐欺の片棒を担ぐことには気づかないふりをして、当日を迎える。

しかしいざ、人のよさそうな老婆を前にすると、マサはどうしようもなくなって、現場から逃走してしまったのだ。

「そのあと先輩たちにボコボコにされているところを、兄貴が助けてくれたんす！　それ以来、兄貴は俺のヒーローなんすよ！」

さっきまで泣きそうな顔をしていたマサが、バックミラー越しに白い歯を見せて、にっかりと笑う。

その後、マサは桐也を追いかけるようにして獅月組に入ったというわけだ。

そしてこのことは、桐也が詐欺グループを壊滅させるきっかけともなった。

「その話はいい！　早くゼウスのことを教えろ！」

桐也が苛立って言うと、マサは慌てて「はいっす！」と返事をした。

「俺はパシリみたいなもんだったから、詳しくはわからないっすけど……先輩たちが話してるのを聞いたことがあるんす。SLY FOX のボスは、ライトって奴だって」

「ライト……」

桐也はその名を繰り返す。

「それで、そいつは左耳に稲妻の形をしたピアスをしてるらしいんすよ」

「稲妻の形のピアス……ゼウスの武器である雷とつながりますね」

拓海は顎に手を当てて頷いた。

「先輩が言うには、そいつ、すっげーヤバイ奴らしいんす。なんつーか、人を人とも思わないっつーか……簡単に……その……」

先輩から聞いた「ヤバイ」話を思い出しているのか、マサはそれきり黙ってしまう。

重い沈黙が流れ、車内にはしばらく静かなエンジン音だけが響いた。信号が赤色になり、マサがブレーキを踏む。

「――あの……そいつらの目的って、もしかして……兄貴に報復をするためってことは、ないっすよね？」

桐也も拓海も、答えなかった。

「それはわからない。まだ、本当にあの SLY FOX の仕業かもわからないしな」

ひとまずはマサを安心させるため、桐也は何事もなかったかのように言ったが、車内は重苦しい空気に包まれたままだった。

＊＊＊

「菫、話がある」

夕食後、拓海に会うと言って家を出た桐也は、思いがけず早々に帰宅をして、出迎えた菫をそのままリビングに呼んだ。

(もしかして、週末のことかな)

桐也が予約をしてくれたディナーの日が迫っているので、時間のあるときにその日の予定を相談しようと、以前から話していたのだ。

しかしいそいそと桐也の向かいに座った菫は、彼の深刻な表情を見て思い直した。

(桐也さんの顔が、いつもと違う……)

「——何か、あったのですか？」

これはただごとではないと、気が急《せ》いて思わず尋ねたが、桐也はすぐには答えなかった。

いつもなら、どんな話をするときも熱いコーヒーを淹《い》れてくれるのだが、今日はそんな暇もないといったように口を開く。

「おまえを襲った犯人と、その裏にいる組織の正体がわかった」

菫は鋭く息を呑《の》んだ。

「い、いったい、誰の仕業だったんですか？」

震える声で尋ねると、桐也はゆっくりと話し始める。

「SLY FOX……」

姿を消したはずの犯罪組織、偽名の指示役――桐也が話した内容には、まるで現実感がなく、菫はただ、その名を呟くのが精一杯だった。

「それは、その……桐也さんがこの街から追い出したという犯罪組織が、戻ってきたということなのでしょうか？　だとしたら……」

狙われているのは、明らかに獅月組。いや、桐也自身である。

菫を襲ったのは、その警告として。もしくは、本人を傷つける以上のダメージを桐也に与えられると、そう考えたのかもしれない。

見えない敵の、卑劣な悪意を感じて、菫の身体《からだ》は小さく震える。そしていつの間にか、顔がうつむいていたようだ。視線を感じて顔を上げると、そこには柔らかな笑みを浮かべた桐也がいて、ハッとした。

「心配するな。まだ、そいつらが同じ組織だと決まったわけじゃない」

「でも——」

やっぱり不安だと、そう言おうとして、思いとどまる。

(しっかりしないと。私は、桐也さんの妻なんだから……)

菫に心配をさせまいと笑みさえ浮かべて、やさしい言葉を掛けてくれる桐也の気持ちに、自分も応えなければと、そう思った。

「ただ、これからはもっと忙しくなるかもしれない」

静かに言った桐也の言葉に、菫は頷《うなず》く。

「SLY FOXと、ゼウスという名の人物については、引き続き拓海に調査を頼んでいる。俺のほうは、警備する範囲の拡大と強化をしていく予定だ。奴らが素人を使っているとわかった以上、どこに刺客が潜んでいるかわからないからな。夜は滅多に帰れないだろう」

「わかりました」

つとめてしっかりとした声で答えると、桐也が少し迷ったように言った。

「それで、今度のディナーのことなんだが——」

菫の心が、小さく跳ねる。こんな状況になってしまったのだから、ディナーの予定は当然、中止だろう。

わかっていたことだが、それでもやっぱり、気持ちは落ち込んだ。だが今は、それどころではないことも、十分に承知している。

言いにくそうにしている桐也の気持ちを汲《く》み取《と》って、自分のことなら気にしなくてもいいと伝えようとして顔を上げた。しかし桐也が口にしたのは、予想外の言葉だった。

「現地で待ち合わせでも構わないか？」

「えっ？」

「俺は出先から直接向かおうと思う。おまえのことは、車で迎えに行かせる。一緒に出掛けられなくて悪いが――どうした？」

ぽかんとした表情の菫に気づいて、桐也が尋ねる。

「あ、す、すみません。てっきり、ディナーの予定は中止だと思ったものですから……」

「――俺も、迷ったんだがな。敵の正体がわかったとはいえ、まだ何か動きがあったわけでもない。食事に行くくらいは、問題ないだろう。それに――」

桐也は少しためらったあと、頭を掻《か》きながら言った。

「――ずっと、楽しみにしていたから」

「桐也さん……！」

恥ずかしそうな表情で、ぼそりとそんなことを言う桐也を見て、菫は思わず口元を覆う。

「わ、私もです！　私も、ずっと楽しみにしていて、だから……その……うれしい……」

その手に熱が伝わり、自分の頬が赤くなっているのを感じる。

仕事よりも菫との予定を優先して欲しいと、そんなことを思ったことはない。

ただ、いつだって感情には左右されないクールな桐也が、自分との約束ごとをそんなふうに楽しみにしてくれている事実が、何よりもうれしかった。

気配を感じて顔を上げると、いつの間にか桐也がすぐそばに来ていた。

「しばらくはふたりきりの時間は取れないだろう。だからその日は、楽しもうな」

そう言って、菫の頬に触れる。

菫がその大きな手に、自らの手を重ねると、桐也は応えるように目を細め、やさしく額にキスをした。


そして週末――。

幸いなことに、それからも界隈《かいわい》で大きな異変が起こることはなく、予定どおり桐也と食事をする日を迎えることができた。

ゴウの運転する車（何故《なぜ》か助手席にニコニコ顔のシンも乗っていた）に乗って、待ち合わせの場所へとやって来た菫は、ＬＥＤのイルミネーション看板がきらめくビルを見上げて、思わず息を吐く。

桐也が予約をしてくれたレストランは、シェフの名前を看板に掲げるフレンチの名店で、名だたるブランドの専門店が入ったビルの最上階にあった。

そんな場所で食事をするのは、菫にとってはじめてのことで、何か粗相があってはいけないと、ドレスコードやマナーは入念に下調べをしてきたのだが、それでもやっぱり緊張してしまう。

恐る恐る店に入ると、すぐに「いらっしゃいませ」とウェイターが出迎えてくれ、菫は慌てて予約の名前を名乗った。

「日鷹《ひだか》様、お待ちしておりました。お席までご案内いたします」

「あ、は、はい。ありがとうございます」

微笑《ほほえ》みながら恭しく一礼をしたウェイターと、まったく同じ角度に腰を折り曲げた菫は、そのあとも終始恐縮しながら、柔らかい絨毯《じゅうたん》の上を歩いて行く。

（わ……本当に豪華なレストランだ……）

目の端に映るのは、金色に輝く上品なテーブルセットや、ドレスアップをして優雅にワインを傾けるお客たち。あまりきょろきょろしてはいけないと思いながらも、その煌《きら》びやかな光景につい、ドキドキしてしまう。

奥へ進むと、夜景のよく見える窓際の席に、見慣れたスーツ姿を見つけた。

「お連れ様がご到着になりました」

ウェイターがそう言うと、大好きな愛《いと》しいひとが顔を上げる。

「桐也さん！」

高級感あふれるレストランにすっかり気後れしていた菫が、ほっとして思わず名前を呼ぶと、桐也がその切れ長の瞳を細めた。

「お待たせしてすみませんでした」

「いや、俺が着くのが早すぎた。料理のコースは予約のときに頼んであるから、先に飲み物を注文しておいた」

「ありがとうございます」

菫は礼を言いながら、桐也のそのスマートな振る舞いと、普段と変わらぬ堂々とした様子に感心してしまう。

（やっぱり桐也さん、こういうお店にも慣れているのかな……）

そう思って、膝の上に置いた手をぎゅっとすり合わせながら、ふと左を見る。すると窓の外には色とりどりの夜景が、まるで宝石のように輝いていた。

（綺麗《きれい》……）

まるで夢のような光景に、胸がふわふわと躍ってしまう。しかし緊張のせいか、夜景が綺麗だと伝えるだけの簡単な会話も、うまく切り出すことができなかった。

しばらくの沈黙のあと、桐也が口を開く。

「それにしても、なんだな……」

「？」

言葉の続きを待ったが、妙に歯切れが悪く、菫は首を傾《かし》げる。すると桐也は視線を泳がせながら、さっきの菫と同じように、夜景へと視線を移して恥ずかしそうに言った。

「こ、こういう場所は落ち着かねえな」

「………！」

その言葉を聞いて、驚いてしまう。それを、菫が呆《あき》れている表情だと勘違いをした桐也は、顔を赤くして、決まり悪そうに言った。

「悪ぃ。俺がしっかりとエスコートしないといけねえのにな」

菫は「いえ！」と慌てて首を振る。

「私も、同じです。こんなに素敵なレストランははじめてで、さっきからずっと、心臓がドキドキしっぱなしで……」

そう言って微笑むと、桐也はようやく、ほっとしたように菫の顔を見た。

「ただ、びっくりしたんです。桐也さんはてっきり、こういう場所には慣れているのだと、そう思ったものですから」

「──俺も、はじめてだよ」

菫は「えっ」と、顔を上げる。

「ほ、ほんとう……ですか？」

「ああ。そりゃあもちろん、付き合いで来たことはあるが──好きな女と来るのは、はじめてだ」

「桐也さん……！」

真顔でそんなことを言われて、今度は菫のほうが真っ赤になってしまう。

それに、さっきまでは緊張をしていて気づかなかったが、今日の桐也はいつもより少し華やかな装いをしていて。

ベストを着たブラックスーツに、ワインレッドのネクタイをきゅっと締めた姿は、まるで王子様のようにかっこよかった。

「──あのとき買った服を着ているんだな」

すっかり呆《ほう》けてしまっていた菫は、我に返り「は、はいっ」と頷く。

菫が今日着ているのは、まだ出会ったばかりの頃に桐也が買ってくれた、マーメイドラインのワンピースだ。色は淡いグレイで、胸元から肩にかけてオーガンジー生地のシースルーになっている。上品さと華やかさを兼ね備えたデザインで、この場にもふさわしいと思い、このワンピースを着ることにした。

そしてこの服を選んだ理由は、もうひとつある。

「これは、桐也さんとの大切な思い出のワンピースですから」

「思い出？　そんな大したもんじゃねえぞ」

菫は小さく首を振る。

「だってあのとき、桐也さんは私を、シンデレラにしてくれました――」

突然の一言に、桐也は飲みかけた水を吹き出しそうになった。

「シ、シンデレラ？　それは、おとぎ話のか？」

「あ、あのときは別に、そういうつもりでは――」

菫は頷く。

「それでも私はあのとき、小さな頃からずっと憧れていたシンデレラになれたんです。そのことは、ずっと忘れません。やっぱり桐也さんは、私にとって魔法使いさんです」

照れくさそうに頭を掻く桐也を見ながら、菫は「ふふっ」と小さく笑った。

（あのときは、まさか桐也さんと結婚することになるなんて、思いもしなかったな……）

そんなことを思いながら運命の日を懐かしむ菫に、桐也は慈しむような眼差《まなざ》しを向けていたが、すっかり思い出に浸っている菫は、そのことに気づかなかった。

「しかし——」

「はい」

「そこは、王子様じゃねえんだな」

「えっ」

そう言った桐也が、思いのほか真剣な表情をしていたので、菫は慌てて言い訳をした。

「あ、あの、違います！　魔法使いさんというのは、このまえと同じ、もののたとえで！　桐也さんはいつだって、その、あの……」

菫の愛しい夫は、いつだって王子様のようにかっこよく、ついさっきもそう思ったばかりだと言おうとしたのだが、いい年齢《とし》をしてシンデレラだの王子様だのと言っている自分が恥ずかしくなってしまい、菫は真っ赤になってうつむいた。

「そんなに必死にならなくても大丈夫だ。俺がそんなキャラじゃないってことは、自分でもわかってる」

「い、いいえ！　そうじゃなくて！」

——桐也さんは私にとっての王子様です！

そう心から叫びたかったが、まさかそんなことをここで宣言するわけにはいかず、菫は結局黙り込む。そのタイミングで、ボトルを持ったウェイターがやって来て、優雅な仕草でグラスにシャンパンを注いだ。

「乾杯しよう、菫」

「は、はい！」

菫は慌てて、折れそうに細いフルートグラスを手に取り掲げる。

華やかなシャンパンゴールドが揺れて、しゅわしゅわと小さな泡が立ち上った。真珠のようなその輝きに見惚《みと》れていると――。

「――ただし、おまえは真似《まね》だけな」

と、悪戯《いたずら》っぽく笑った桐也に釘《くぎ》を刺されてしまい、赤くなる。

シャンパンと同じように泡の立つミネラルウォーターに口をつけると、さっそく料理が運ばれてきた。

「こちら、アミューズのセルヴェルド・カニュです」

菫と桐也は、同時に顔を見合わせる。

そしてウェイターが下がるのを見届けてから、声を潜めて言った。

「……桐也さん、アミューズとはなんでしょうか？」

「……わからねえ。親父《おやじ》と来たときにはそんなもんなかったぞ」

「前菜とは何が違うのでしょうか？　それから私、メニューの名前も聞き取れなくて。店員さんは何と言っていたでしょうか？」

「たしかセル………ダメだ、思い出せねえ」

そこまで話したところで、もう一度顔を見合わせる。そして――。

「ふっ……」

菫も桐也も、思わず吹き出してしまった。

「なんでもいい、食うぞ」

「はいっ」

ふたりはおっかなびっくり、添えられているバゲットを手に取ると、パセリの散らされたクリーム状のソースにディップする。

「んっ……！」

「うまい！」

ソースはおそらくクリームチーズで、爽やかなハーブとニンニクの香りが鼻に抜ける。

はじめて食べたセル……なんとかは、頬《ほ》っぺたが落ちそうなくらいにおいしかった。

夏の夜は長く、ゆっくりと食事をして店を出たあとも、ネオンきらめく街は大勢の人で賑《にぎ》わっていた。

「お料理、どれもおいしかったですね。桐也さん！」

さっきまでの夢のような時間の余韻に浸りながら、菫は桐也に笑いかける。

前菜にスープ、メインは魚料理と肉料理が両方楽しめる豪華なフルコースで、デザートまでおいしく、お腹《なか》はもちろん心まで満たされた。

「ああ、どれも食ったことねえもんばかりだったが、すごくうまかった」

桐也は珍しく酔っているのか、いつもより少し饒舌《じょうぜつ》だ。そのリラックスした様子が、菫には、なんだかうれしかった。

（どうしよう、すごく、幸せだ……）

菫はお酒を口にしていないのに、いつもより少し踵《かかと》の高いハイヒールが、ふわふわと空に浮いているように弾む。

そんな幸せな気持ちをもたらしてくれたのは、ドレスアップした非日常の空間に、おいしい料理、そして何よりも――桐也とふたりきりで過ごす特別な時間だ。

「ふふっ」

思わず笑みを漏らすと、桐也がこちらを向いた。そして菫の名前を呼び、すっと左腕を差し出す。

「えっと……」

「はぐれるといけない」

そう言われて、ようやく腕を組むように言われたのだと気づいた菫は、赤くなりながらも、そっと彼の逞《たくま》しい腕を取った。

「……はい」

菫たちと同じくほろ酔いの空気を纏《まと》った人々で街路は賑わっていて、この喧騒《けんそう》に紛れてしまえば、人前で腕を組むことも、恥ずかしくはなかった。

人混みのなかにいるのに、まるでふたりきりでいるような、不思議な感覚が菫を包む。

その時間を慈しむようにゆっくりと足音を聞いていると、桐也がふと言った。

「菫は、結婚式をしたいか？」

「え？」

思わぬことを訊《き》かれて、顔を上げる。

すっかりディナーの余韻に浸っていた菫は、質問の意図を汲《く》み取《と》れず、答えることができなかった。その反応を見て、桐也は人差し指で顎のあたりを掻《か》きながら、恥ずかしそうに言う。

「その、俺たちは籍を入れるだけで、結婚式をしていなかっただろう？」

菫は頷《うなず》く。桐也と想《おも》いを通じ合わせたあのときは、菫を傷つけようとした美桜《みおう》に落とし前をつけさせるため、結婚を急ぐ必要があった。なので、特に婚礼にまつわる儀式などはしていない。極道の世界では、そういった式を派手にやることが多いそうなのだが、その点に関しては菫も桐也も控えめな性格で、話題にのぼることがなかったのだ。

「今頃になって、おまえに何も訊かなかったことを後悔しているんだ」

「後悔、ですか？」

「ああ、シンデレラに憧れていると言っていたおまえだ。もしかしたら、本当は結婚式をしたかったのではないかと、そう思ってな」

「桐也さん……！」

愛する夫は、そんなことまで気にしていてくれたのだと思い、胸が熱くなる。

ふたりで出かけた折、店内に飾られていたウェディングドレスに、つい見惚れてしまったこともあった。そんな菫が、結婚式に憧れがないと言えば嘘《うそ》になる。

厳かな式のもと、あらためて桐也に愛を誓えたら、それは、どんなに素晴らしい時間だろう――。

しかし今の生活でも十分に満たされている菫には、さらにそこまで願うことは贅沢《ぜいたく》なのではないかという迷いもあった。

この気持ちをどう伝えたらよいのかと戸惑っていると、まるですべてわかっているというように桐也がふっと笑い、反対の手を菫の頭に置いてやさしく撫《な》でる。そしてそのまま、その手を頬に滑らせた。

「菫、おまえさえよければいつか——」

耳元でそう言いかけたそのとき、桐也の動きがぴたりと止まった。


「——俺から離れるな」


頭上に低い声が降って来て、菫もびくりと足を止める。

ふたりきりの世界に浸っていた菫に、喧騒と混み合う人の感覚が戻ってきて、ハッとした。いつの間にか、菫たちの左右にぴったりと貼り付くようにして、ふたりの男につけられていたことに気づく。

「金色の暴れ獅子《じし》と呼ばれた貴方《あなた》も、女の前ではかくも無防備になるものですね」

その淡々とした口調と、冷徹さを感じさせる声には、聞き覚えがあった。視線だけを動かすと、桐也の背後には、銀縁眼鏡をかけたストライプ柄のスーツの男が立っている。

「まっ、こんなカワイ子ちゃんじゃあ無理ないよねっ」

軽薄な声と共に、ウェーブ頭の男に顔を覗《のぞ》き込まれて、菫は思わず、「きゃっ」と声を上げた。ぎゅっと目を閉じて、記憶を辿《たど》る。

(やっぱり間違いない。この人たちは、やの爺《じい》さんのお店を脅し取ろうとしていた――)

神経質そうにセットされた髪型に、鋭い銀縁の眼鏡をかけた男と、彼とはまるで反対の空気を纏う、ブラウンチェックのスーツを着た男。

彼らは数か月前に、商店街の店に対して地上げ行為をしていた開発会社の二人組だ。

拓海の調べによって、その会社は架空のものだとわかり、さらに龍桜会《りゅうおうかい》とのつながりも懸念されている。

(どうして、この二人が……)

その正体も、菫たちに接触した理由もわからず、恐怖で背筋が冷たくなる。

体が震えそうになって、腕を摑《つか》む手につい力を込めると、桐也は大丈夫だというように、その大きな手で菫を抱き寄せた。

「――目的はなんだ」

桐也は動揺を見せることなく、静かに言う。

「俺に用があるんだろ。人目のつく場所で揉《も》めるわけにはいかねえ」

「話が早くて助かります」

カチャリ、と男が眼鏡を上げた。

「うちのボスが会いたがっていましてね。お楽しみのところを申し訳ありませんが、一緒に来てくれませんか？」

「わかった。だが、条件がある」

「聞きましょう」

「行くのは俺ひとりだ」

「桐也さん！」

菫は思わず顔を上げて言った。

「私も一緒に行きます！　私、大丈夫ですからっ」

自分が咄嗟《とっさ》に怖がってしまい、不安な気持ちを隠すことができなかったばかりに、桐也にいらぬ心配をかけてしまったことを後悔しながら、必死でその腕にすがる。

危険だとわかっている場所に、桐也ひとりを行かせるわけにはいかなかった。

「駄目だ、おまえは残れ。すぐ迎えを来させる」

「嫌です！　桐也さんっ」

追いすがって懇願する菫の言葉を遮ったのは、眼鏡をかけた男の、フッと息を吐いて嘲るような笑い声だった。

「美しい夫婦愛ですね。ご安心ください。ボスは貴女《あなた》にもお会いしたいと言っています。そう、貴女には特に――不躾《ぶしつけ》に刃物を向けてしまった非礼を、ぜひお詫《わ》びしたいと」

「!?」

桐也が鋭く息を呑《の》む。

「どういう……ことだ。おまえらは……」

銀縁眼鏡の男がニヤリと笑い、まるで蛇のように赤い舌を見せた。

「さぁ、我らがSLY FOXの城にご招待いたします」


菫は桐也と共に、眼鏡の男が運転する外車の後部座席に乗せられた。

SLY FOXの根城は、この場所から少し走ったところの、街の中心地にあるのだという。

(この人たちの目的は、いったい何……)

暑さのせいではない、じっとりとした嫌な汗が、菫の手の平に滲《にじ》んだ。

しかしこうも思う。目的はさておき、現在まさに実体を探っているところであるSLY FOXが接触をしてきたことは、桐也にとってある意味では好機といえるのではないか。

しかもそのことで、商店街で地上げ行為をしていた正体不明のふたりが一味であることまで判明し、そのうえ組織のトップまでもが自ら会いたがっているという。

(もしかしたら、本当にただ、話し合いをしたいだけなのかもしれない……)

極道の世界に身を置いてまだ日の浅い菫だが、数多《あまた》の組織がひしめき合うこの街の暗黙のルールは、少しずつ理解できるようになっていた。否、理解させられたというのが正しいのかもしれない。

その理由はいたって簡単で、この街における獅月組の存在が、それほどまでに偉大なものであったからだ。

菫がその獅月組の姐御《あねご》になったという情報は人知れず広がっているようで、街を歩けばどこかの組織の人間が、見た目も年齢も関係なく菫に頭を下げる。その眼差《まなざ》しからは畏怖の念すらも感じることがあり、彼らが菫の向こうに日鷹桐也の存在を見ていることは明らかだった。

そして獅月組・組長である獅月哲朗《てつろう》が定めた鉄の掟《おきて》。

二度と抗争を起こさぬよう、この街にある組織は決して互いのシマを侵さず、均衡を保つこと——。

しかしSLY FOXは、その掟を破った。そして桐也によってこの街から締め出されたが、最近になって再び姿を現し、堅気の人間を使って菫を襲ったのだ。極道の組織に所属していない自分たちは掟に従う必要などないと、そういうことなのだろう。

しかしそんな彼らでも、この街で真っ向から獅月組に歯向かうことがどういうことなのかは、さすがにわかっているはずだ。

もしかしたら、これまでのことは末端の部下たちが勝手にしたことで——だから眼鏡の男が言ったとおり、彼らのボスは本当に謝罪をするため、桐也をここへ呼んだのではないかと、そのときの菫はまだ、そう思っていた。

しかしそれはまったくの甘い考えであったと、すぐに思い知らされる。


「到着しました」

眼鏡の男がそう言って車を停《と》めたのは、最近にできたばかりの高級タワーマンションの地下駐車場であった。

厳重なセキュリティ体制の取られたマンションは、駐車場からエントランスに通じるオートロックはもちろん、エレベーターホールと、更にエレベーターに乗るためにもロックの解除が必要で、菫たちは男たちの案内のもと館内を進んで行く。

「このエレベーター、スピード超速いから酔わないようにねっ」

そう言って、ウェーブ頭の男が最上階のボタンを押した。

最上階はペントハウスになっていて、外からは他の部屋が見えない設計になっているようだった。マンションの中とは思えない、しんとしたまるでホテルの様な廊下に、コツコツと複数の靴音が響く。

「こちらです。どうぞ、お入りください」

眼鏡の男はそう言って、ICカードタイプのキーをスライドさせた。乾いた電子音が、ピッと鳴る。

土足で構わないと言われ、菫たちは案内された部屋に入った。

菫は密《ひそ》かに、あたりを見渡す。おそらく全面ガラス張りであるのだろうだだっ広い部屋は、すべてが黒いカーテンで覆われていて、生活感というものがまるでなかった。置いてあるものは、ガラスのテーブルと大きな革張りのソファ、そしてジムに置いてあるような体を鍛えるためのマシンがひとつだけ。

壁紙や床も含め、そのすべては黒で統一されていた。無機質なイメージとは裏腹に、天井には豪奢《ごうしゃ》なシャンデリアがぶら下がっていて、どこかちぐはぐな印象だ。

恐る恐る部屋を進むと、足元でかさりと音がしてハッとする。照明が薄暗くて気づかなかったが、埃《ほこり》ひとつない床にはスナック菓子の空き袋がいくつか落ちていた。

菫が足を止めるのと同時に、眼鏡の男もそれに気がつき、はぁとため息をつく。

「まったく、散らかすのがお得意ですね」

男は「失礼いたします」と菫の前に屈《かが》むと、慣れた様子で空き袋を拾った。点々と散らばるそれらを拾い集め、無機質な部屋にすっかり同化しているダストボックスに放り込む。

「失礼いたしました」

そして速足で戻った男は、再び頭を下げると、菫たちにソファに座るよう促した。

(子どもでもいるのかしら……)

この部屋には似つかわしくないカラフルな菓子のパッケージが、何故《なぜ》だか目に焼き付いてしまい、そんなことを考えながらソファに腰掛けた菫は、目の端に人影を見つけて息を呑む。

コの字に置かれたひとり掛けのソファに体を埋めるようにして、金髪の青年が膝を立てて座っていた。

「ボス、お連れしました」

眼鏡の男とウェーブ頭の男が、揃《そろ》って青年に頭を下げる。

(この人が、ボス……)

横目で見たその人物は、退屈そうな二重瞼《ふたえまぶた》の美しい青年だった。

年齢はおそらく菫より少し上だろうが、体躯《たいく》が華奢《きゃしゃ》なせいか幼げに見える。服装はストリートによくいる少年のようで、細身のジーンズにごつごつしたスニーカーを履き、上にはぶかぶかの黄色いタータンチェックのネルシャツをだらりと羽織っていた。

「おまえがSLY FOXの頭か」

桐也が静かな声で尋ねると、青年がゆっくりとこちらを見た。

長い前髪から青みがかった瞳が覗く。伏せた睫毛《まつげ》が影を落とすその瞳は、まるで深い沼の底に落ちてしまったガラス玉のように空虚で、菫は思わずぞっとした。

(なんて、瞳をしているの……)

初対面の人間に会ったとき、普通ならば最初に得る印象というものがあるのだが、彼からは、そうした人間味をまるで感じることができない。

その瞳を長く見つめていたら、そのまま深い闇の底に引きずり込まれてしまいそうで、菫は思わず目を逸《そ》らしてしまった。

(こ、怖い……)

知らず知らずのうちに、自らの体を抱き締めるようにしていた菫は、その腕がぞくりと粟立《あわだ》っていることに気がつく。

たしかにこの世界には、睨《にら》みつけるだけで相手に恐怖を与えることのできる威圧感を持つ人間が数多くいるが、それは例えば肉食獣を目の前にしたとき咄嗟に「怖い」と感じるような、シンプルな恐怖だ。

しかし彼から感じる恐怖は、そういうものとは違っていた。

いうなれば、人ではないものとうっかり対峙《たいじ》してしまったときのような、得体の知れない恐怖。

思わず桐也の顔を見ると、あの桐也ですらも彼に釘付《くぎづ》けになっていた。

「アンタがトーヤさん？」

青年が細い首を傾《かし》げて言った。左耳についている、稲妻の形をしたピアスが揺れる。

「——ああ、獅月組・若頭の日鷹桐也だ」

桐也が答えると、青年は抑揚のない声で言った。

「アンタも親に捨てられたんでしょ？」

「あ？」

突拍子もない質問に、桐也は苛立《いらだ》つように眉間に皺《しわ》を寄せた。

「だからなんだってんだ？」

そう訊《き》くと、青年はまるでずっと探していた友達を見つけたときのように、にこりと笑って言った。

「オレも同じなんだ」

その言葉を聞いて、何故か菫の心臓が大きく跳ねる。

「育てられもしないのに産むなんて、人間のクズだよね。いや、もう人間じゃないよ。人間じゃないやつにはさ、どんなことをしても構わないんだ。ねえ、そう思うでしょう？」

男は再びにこりと笑ったが、今度の笑顔はぞっとするほど不気味なもので、菫は震え上がる。いや、恐怖を覚えたのは、彼の笑顔にではない。その問いかけを、まるで自分にされているように感じてしまったからだ。

「意味がわからねえ。さっきから何の話をしてやがる」

しかし桐也の毅然《きぜん》とした声にハッとして、冷静さを取り戻した。

「ああ、そうだね。もうこの話はいいや……」

さっきまで明るい表情をしていた男の目は急にうつろになり、ブツブツと言いながら手元に置いてある紙袋から何かを取り出した。桐也が咄嗟《とっき》に身構える。しかし青年が手にしていたのは武器ではなく、よく見るパッケージのハンバーガーだった。

「えっ……」

菫は思わず声を出してしまうが、男は構うことなく、袋からポテトやストローの刺さった飲み物を取り出す。そして手にしたハンバーガーの包み紙を剝《む》き、おもむろにかぶりついたのだ。

「おい！　何呑気《のんき》に飯食ってやがる!?」

桐也が思わず叫んだが、しかし男は気にすることなく、牙のような八重歯を剝き出しにして黙々と食事を続けた。

菫たちの対面に座ったふたりの仲間は、それを見ても何も言葉を発しない。

黙々とハンバーガーを咀嚼《そしゃく》する男に菫が目を奪われていると、まるでサイズの合っていないシャツがずるりと滑り落ちて、黒いタンクトップから真っ白で華奢な肩が露《あらわ》になった。

やがてすっかりハンバーガーを食べ切ってしまった青年は、親指についた赤いケチャップをぺちゃりと舐《な》めたあと、ようやく顔を上げた。

「アンタには一度会ってみたかったんだ。せっかく儲《もう》かってたビジネスを潰されたことはムカついたけど、アンタがひとりでやったって聞いたときは、テンション上がったよ」

「あの頃から、おまえがSLY FOXを仕切っていたんだな」

「うん。つーか、アンタがきっかけなんだよね。オレたちが地下に潜ったの。そっからはやりやすかったよ。ヤクザって、見えない敵には案外弱いよね」

青年は「ふふっ」と笑いながら、しかし無表情のままそう言って、今度はポテトを数本摑《つか》んでざくりと口に入れた。

「俺たちをここに呼んだ理由を教えろ。ゼウスと名乗り、菫を傷つけるよう指示を出したのは、貴様なんだろう？」

桐也が本題を切り出す。

「うん、そうだよ。知ってる？　ゼウスってこの世界を支配する絶対神なんだ。かっこいいよね。だからそう名乗った。あ、本名は狐塚雷斗《こづからいと》。別に隠すつもりはないよ」

「雷斗——」

と、桐也が繰り返した。

その名前は、菫も桐也から聞いていた。マサの地元に数々の逸話を残した不良のトップで、何をしでかすかわからない人物なのだという。

それが単に、喧嘩《けんか》の強さのことを言っているのではないということは、この青年が持つ異様な様子を見れば、素人の菫でもすぐに理解することができた。

「何故そんなことをした？　報復だというなら、俺をやれば済む話だろう」

怒りを我慢しているような声色で、桐也が静かに問いかける。

「何故って、簡単だよ。シノギを潰されたことはムカつくけど、アンタは強そうだから生かしておきたかったんだ。オレ、強いやつ好きだから。でも、ムカつく気持ちは収まらないでしょ？　だから代わりに、その女を殺《や》ろうと思ってさ。それだけだよ」

淡々と、まるでなんということもない世間話をするように、雷斗は答えた。

その表情に悪意はなく、おそらく彼のなかでは、筋の通っていることなのだろう。

（どうしよう……やっぱり、怖い……）

この青年は普通ではない――。

その思いがいよいよ確信となって迫り、菫の体が小さく震え出した。

（ダメ……私は桐也さんの妻なんだから、怖がっているところなんて、見せられない）

しかし体は言うことを聞かず、震えは止まらない。菫は恐怖を力ずくで抑え込もうとするように、右腕を片方の手でぎゅっと握ると目を閉じた。

そのときである。ふいに、右手があたたかいものに包まれた。

（桐也さん……！）

目を開けると、愛《いと》しい夫の強く気高い眼差《まなざ》しと視線がぶつかる。そして、大丈夫だと言うようにゆっくりと頷《うなず》いた。

菫は大きく息を吐き、深呼吸をする。するとさっきまでの恐怖が嘘《うそ》のように消えていき、鼓動が元通りになった。

（大丈夫、私には桐也さんがいる）

菫は呼吸を整えて顔を上げる。その様子を見届けてくれたのだろう。桐也の手は再び菫の手をぎゅっと握ったあと、ゆっくりと離れていった。

「――よくわかったよ。おまえらがまともじゃねえってことがな」

桐也が苦々しく言ったが、やはり青年らは顔色ひとつ変えなかった。

「ま、いーじゃん。結果お姫様は無事だったんだし♪」

場の空気をまるで読んでいないトーンで、おどけるようにそう言ったウェーブ頭の男を、桐也がギロリと睨む。男は「ひっ」と小さく叫び声を上げて、隣にいる眼鏡の男の肩に顔を寄せて小さくなった。

「その節のことはお詫《わ》びいたします」

片手でウェーブ頭の男をぐっと押し戻してから、眼鏡の男が深く礼をする。

「てめえごときが頭下げたところで足りねえよ」

その頭に、桐也がドスの利いた声を落とした。ゆっくりと顔を上げた男の顔には、しかし笑みが浮かんでいる。

「人が誠心誠意頭を下げているというのに随分と野蛮な言い方ですね。これだからヤクザは嫌いです」

「奇遇だな。俺もおまえみたいないけ好かねえ奴は嫌いだ」

桐也がそう言うと、男は「ふっ」と小さく笑い、カチャリと眼鏡を上げた。

「気が合いそうで何よりです。なんせ貴方《あなた》とは、これから協力関係になるかもしれないのですから」

「協力関係？」

桐也が片方の眉を上げると、眼鏡の男は急に大げさな身振り手振りをして「ああ、申し遅れました」と、声を大きくした。

「私はSLY FOX幹部の蛇沼壱伽《へびぬまいちか》と申します。以後、お見知りおきを」

「俺はイチの相棒の蛇沼弐凪《にいな》！　よろしくねーんっ」

壱伽はテーブルを滑らせるように名刺を差し出し、弐凪は人差し指と中指を立てて敬礼のポーズをした。

（同じ苗字《みょうじ》……）

ふたりは兄弟なのだろうか。しかし彼らは見た目も性格も、ほとんど似ていなかった。

「テメーらの名前なんか興味ねえ。さっさと話を進めろ」

桐也が淡々とした口調で言い放つ。

もったいぶるような彼らの振る舞いは、おそらく桐也の心を乱すためのものだろう。しかし彼は、そんなことで動揺するような男ではない。

「そうですね、では本題に参りましょう」

ニヤリと笑った壱伽が、あらためて桐也のほうに向き直って言った。

「我々と組んで、龍桜会を潰しませんか？」

思いがけない言葉に肩が上がり、思わず桐也の顔を見る。しかし彼は冷静な表情のまま、壱伽から目を離していなかった。

「どういうことだ？」

「この街の東半分は新興ヤクザの龍桜会に支配されています。しかも奴ら——特に若頭の龍咲《りゅうざき》美桜はいつだって、貴方がたのシマを虎視眈々《こしたんたん》と狙っている。しかし拮抗《きっこう》する二大勢力が争うことには多大なリスクを伴います。そう、先の抗争のようにね」

壱伽の目の奥が、きらりと光った。

「随分と詳しいじゃねえか。本当にヤクザが嫌いなのか？」

「嫌いですよ。ですが我々の敵はそこじゃない」

「話が見えねえ」

「単刀直入に言いましょう。我々 SLY FOX の目的は、この国の裏社会を統べる存在となり、社会に復讐《ふくしゅう》をすることなのです」

そのとき蛇沼壱伽という男がはじめて、その無機質な瞳に感情の色を映したように、菫には見えた。

「復讐？」

桐也が聞き返す。

「ええ。犯罪行為に手を染める我々は、確かに社会の敵です。しかしそうさせたのは誰です？　血の通った家族に捨てられ、社会からも見捨てられた我々が生きていくためには、そうせざるを得なかった。それなのに、今度は同じ思いをしたはずのヤクザまでが、我々をハンパ者だと言ってこの街から追い出そうとする……ひどい話ではないですか？」

「――それがこの街のルールだからだ。そうしなければ、俺たちも生きていけない」

桐也がそう言うと、壱伽はふっと、嘲るように笑った。

「ルール……ですか。これじゃあまるで清く正しく美しい表の社会と同じだ。結局は極道も、つまらない人間の集まりということですね。ならばやはり――壊して作り直すしかないようです」

「それが復讐、か。随分と大層なことだな」

桐也が「はっ」と息を吐く。

「なんとでも。しかし我々と同じ思いをした貴方なら、この意味がわかるのではないですか？」

その言葉が、また自分に掛けられているような気がして、菫の鼓動が速くなる。

「…………」

桐也は返事をすることなく、菫の心臓はますます乱れて鳴った。

「今は話を進めましょう」

壱伽はそう言っておもむろに立ち上がると、コツコツと革靴の音をたてながら部屋を歩き出す。

「その目的のため、まずはこの街を手に入れたいと思っています。それにはどうしても龍桜会が邪魔になる。ですから——」

「利害の一致するうちと組みたいと——そういうことか？」

言い切るまえに桐也がそう言うと、壱伽は「ええ」と頷いた。

「話が早くて助かります。先程言ったとおり、我々の目的はこの国の裏社会を統べること。ですから一度手にしてしまえば、この街に興味などありません。差し上げます。貴方がたにとって、決して悪い話ではないはずです」

桐也は次の言葉を発しなかった。漆黒に包まれた部屋に、沈黙が訪れる。緊迫した空気のなか、雷斗が再び紙袋を漁《あさ》る音だけが、ガサゴソと響いていた。

「そして我々の思想に賛同してくださるのでしたら、その先も共に——」

桐也の前に来てぴたりと止まった壱伽が、右手を差し出す。

思わず桐也の顔を見上げた菫は、息を呑《の》んだ。

何故《なぜ》ならその顔が――不敵に笑っていたからだ。

「――断る」

桐也は短くそう言った。

息を呑んだのは、弐凪だった。壱伽は顔色こそ変えなかったが、こめかみがわずかにぴくりと上がる。

「ッ……」

「……理由を訊《き》きましょう」

「理由も何もねえよ。復讐だのなんだの、俺はそんなもんに興味ねえ。そもそもな、この街を支配しようなんて気は、さらさらねえんだよ。社会に復讐しようなんてのは無論だ」

その言葉を聞いて、弐凪が立ち上がった。

「なんってだよ⁉　おまえだって親に捨てられたんだろ⁉　苦労だってしたはずだ！　そのときに誰かが助けてくれたか⁉　くれなかったよな？　俺たちみたいな社会のはぐれもんのことなんて、みんな知らんぷりだ！　誰も――」

「ニイ、座りなさい」

「でもイチ兄！」

「座りなさい！」

取り乱した弐凪を、壱伽が強い口調で落ち着かせる。

ハッとして元の位置に座った弐凪は、まるで小さな子どものように下唇を噛《か》み、両手の拳を膝の上でぎゅっと握った。

その顔は、いまにも泣き出してしまいそうであった。

「貴方にこの街を支配する気がないというのは、少し計算外でした。それじゃあ貴方は、何のために龍桜会と戦っているのですか？」

「何のためにって、そりゃあ——」

桐也がこちらを向き、虎目石のような色をした瞳と視線がぶつかる。その強い意思の宿る眼差しを受けて、さっきまで嫌な音を立てていた菫の心臓が、みるみると落ち着いていくのがわかった。

そして、彼の口から決定的な言葉が放たれる。

「——家族を護《まも》るためだ」

その言葉に雷斗はぴくりと反応して、はじめて食事をする手を止めた。

「家族を……護る……」

壱伽が呟《つぶや》き、眉根を寄せる。

「それにあいつとは、タイマン張る約束してるんでな」

そう言って桐也が笑うと、ガンッとテーブルに何かがぶつかる音がした。

瞬《まばた》きもできない速さで、その手を振り下ろしたのは雷斗だった。いつの間にか取り出したサバイバルナイフが、机の上にある分厚いハンバーガーに刺さっている。

「――くだらない」

雷斗が静かに言った。

「くだらないくだらないマジでくだらない」

そしてぶつぶつと同じ言葉を呟いたあとナイフを抜き、銀色に光る刃にまとわりついた血のように赤いケチャップをべろりと舐《な》める。

「もういいよ。じゃあ――獅月組は潰すから」

空虚な部屋に、雷斗の無機質な声がぽつりと落ちた。

第三章　夜の王子様

後日──。

菫《すみれ》は屋敷《やしき》の和室にある姿見に、自身の着物姿を映していた。髪をしっかりと結い、気持ちを引き締めるように、口紅はいつもより少し濃い色のものを塗っている。

夢のような時間から一転、SLY FOXの根城で、そのトップに立つ狐塚雷斗《こづからいと》と対面した菫は、いまだ得体の知れない恐怖感から抜け出せずにいた。

(あの人は、普通じゃない)

最初は、この少年のような人物が組織のトップなのかと驚いた。しかしその驚きの気持ちはすぐに消《き》え失《う》せ、理解をさせられた。

どんな人間にも、感情というものがあり、それはいくら平静を装っていても、表情や体の動きに現れてしまうものだ。

しかし彼には、それがまるでない。

まるで能面のように無表情で、たとえその顔が笑っていたとしても、感情がそれに比例しているようには感じられないのだ。会話もまともに成り立たず、あの場で突然に食事をし出したときには、さすがの桐也《とうや》も驚きを隠せない様子で目を見開いていた。

(それに、何よりもあの瞳――)

真っ暗な闇のなかを、たったひとりで彷徨《さまよ》っているかのような瞳だった。

そこに光はなく、あるのは怒りと哀《かな》しみの感情だけ。いや、そんな単純なものではないだろう。まるで、この世界にすっかりと絶望しているような、そんな瞳だった。

菫は姿見に映った自分の顔を、じっと見る。

実の母と姉に虐げられて育った菫は、生活のために無理な労働をさせられて、家事までも押し付けられていた。自分のために使える自由な時間はなく、休めるのは母と姉が寝てしまったあとの、深夜の数時間だけ。

それは、家族に捨てられたも同然の暮らしだった。

すべての感情を押し殺し、心のない人形のように生きてきた。そうしなければ、自分を保てなかったからだ。

そしてそんな真っ暗な闇の中にいた菫を、光のある世界に引き戻してくれたのが桐也だ。

しかしもし、彼に出会うことがなければ――。

（私も、あの瞳をしていたのかもしれない……）

そう感じたから、彼らの言葉が怖かった。

絶望の闇に呑まれていたあの頃、もし菫に手を差し伸べたのが桐也ではなく、狐塚雷斗であったら——もしかしたら菫は、彼らの思想に賛同していたのかもしれなかった。

「菫、いいか」

そんなことを考えながら、帯を整えていると、障子の向こうから呼ばれた。

「はい、ちょうど準備ができました」

答えると戸が開き、いつものスーツ姿に身を包んだ桐也が部屋に入ってくる。

「——すまなかったな」

その表情から様々な想《おも》いを感じて、菫の胸は詰まった。

「謝らないでください。私なら平気です」

「怖かっただろう?」

そう言って、そっと頰に触れる。その大きな手に、菫も自身の手を重ねると、目を閉じて首を振った。

「それでも、平気です。だって、桐也さんと一緒でしたから」

「菫……」

桐也は切なげに名前を呟いたあと、その顔をゆっくりと近づけて、菫の白く細い薬指に口づけをした。

（しっかり、しないと）

もう二度と、あの闇に呑まれるわけにはいかない。

あの場で、戦うのは家族を護るためだと言い切った桐也の気持ちが、うれしかった。

菫も同じ気持ちだ。だからこそ、強くならなければならない。

これから、拓海《たくみ》も交えて今後の対応を打ち合わせる会合をすることになっている。

菫はひとつ、新たな決意をした。


「いろいろと驚きましたよ」

応接部屋のソファに座り、コーヒーを飲んでひと息をついてから、拓海はそう言った。

対面に並んで座った桐也と菫は、自然と同時に頷《うなず》く。

「まさか奴らのほうから接触をしてくるとは思いませんでした。しかも、ボスのいる総本山に、自らご招待とは。まったく——ふざけていますね」

その顔に浮かんでいるのは、いつもの爽やかな笑みであったが、目が笑っていないことは、菫にもすぐにわかった。

「情報を元に、奴らのことを調べました」

拓海はそう言って、テーブルに三枚の写真を並べた。そのうちの二枚を、こちらに滑らせる。

「まず蛇沼《へびぬま》壱伽《いちか》と弐凪《にいな》。彼らは蛇沼兄弟と呼ばれる詐欺のプロです。マルチ商法や不動産詐欺をしながら街を転々としていたのですが、狐塚雷斗と出会いその思想に共感。SLY FOXの仲間となり、今は幹部の座についています。ちなみに兄弟を名乗っていますが、血のつながりはないようですね」

「血のつながりはない……」

菫が小さく呟くと、その声に気づいた拓海が付け加えた。

「彼らは劣悪な家庭環境で育ち、兄弟同然に身を寄せ合って生きてきたようです。親に捨てられてからは施設に預けられたようですが、そのあとはまっとうな職に就くことができず、詐欺に手を染めたと――」

「そうですか……」

劣悪な家庭環境……親に捨てられて……まっとうな職に就くことができず……哀しい言葉が、菫の頭をぐるぐると巡ってしまう。

自分たちを見捨てた社会に復讐《ふくしゅう》をするのだと言った壱伽の表情は決して嗜虐《しぎゃく》的ではな

く、どこか切実なものに見えた。そして、仲間にならないと言った桐也の言葉に取り乱し、涙を堪える子どものような表情をしていた弐凪。

彼らの言葉、そして行動には、雷斗とは違い血が通っているように感じた。

だからといって、その思想に賛同できるわけではない。しかし彼らの心情を思って、菫の心に影が落ちた。

「ボスである狐塚雷斗さんは、どのような生い立ちなのでしょうか」

気づけば、そう尋ねていた。

桐也がコーヒーを飲む手を止めて、こちらを見ている。拓海も少し驚いたように顔を上げたが、雷斗の写真を手に取り話し始めた。

「彼も――いや、彼はもっと悲惨な生い立ちをしているようですね。子どもの頃に育児放棄をされ、その……餓死寸前のところを保護された過去があるようです」

あまりのむごい言葉に、菫は息を呑《の》んだ。拓海も桐也も押し黙り、部屋に重苦しい空気が漂う。そんな目に遭えば、社会を憎むのも仕方がないのかもしれない。彼の華奢《きゃしゃ》な体形が頭に浮かんで、菫はつい、そう思ってしまった。

しかしその境遇に同情することと、彼らが犯した罪を許すことは別の話だ。菫も拓海も、彼によって命を奪われるところだった。拓海も何かを振り切るように、深く息を吸った。

「それと、マサさんの話していた『ライト』と言う人物は、やはり彼で間違いありませんでした。残忍な性格で、地元の不良たちを恐怖の力であっという間に支配したそうです。そして生まれたのが、『SLY FOX』という不良集団です。彼らは次第に、犯罪行為に手を染めるようになり、ブレーン役となる蛇沼兄弟が加入をしたことで、今の形となったようです」

「よくここまで調べることができたな」

と、桐也が感心したように頷いた。

「それが、奴らここ最近になって突然、表舞台に顔を出すようになったんです」

「どういうことだ？」

「僕のお得意様で、名前は言えないのですが、奴らから接触があったという人物の話を複数聞くことができました。肩書きは堅気の権力者から、裏の大御所まで様々です」

どういうことなのだろうと困惑しながら、菫は拓海の顔を見た。

「これは推測ですが、奴らはなりふり構わず、この街の有力者や権力者に接触をしているのかもしれません」

「何かしらの協力者を募っているのだろう。俺に会ったのも、そのためだったからな」

「地下に潜っていた彼らが、いよいよ動き出したということですね――」

桐也と拓海はそう話しながら、難しい顔つきになった。菫はそんなふたりを見ながら、壱伽が話していたことを思い出す。

彼はSLY FOXがこの街に進出した理由を、いずれこの国の裏社会を統べるための一歩だと、そう言った。

裏社会を仕切っているのは、獅月組《しづきぐみ》のような組織であることがほとんどで、だから極道は、彼らの敵といえる。しかしその極道を味方につけることができれば、SLY FOXにとって大きな力になることは、間違いないだろう。しかし――。

「あの、堅気の方にまで接触をしているとは、どういう理由からなのでしょうか？」

会話のなかで、その点だけがわからず、菫は訊《き》いた。堅気の、まして立場のある人間に正体を明かせば、いくらなんでも、すぐにお縄となってしまうだろう。

その疑問を率直にぶつけると拓海は、桐也のほうに顔を向けたあと、迷ったように口を開いた。

「……金儲《かねもう》けのためならなんでもする連中はどこにでもいます。僕は情報屋という商売柄、そうしたたくさんの人物に会ってきました。肩書きは、大企業の社長に芸能関係者、聞けば驚くような大物まで様々です。彼らは金にしか興味がなく、それを得るためなら、たとえ極道と繋《つな》がることも厭《いと》いません。堅気の世界も、案外腐敗しているものですよ」

拓海はそう言って、肩をすくめた。彼の話を聞いて、菫は理解する。確かにそれならば、立場のある堅気の人間と繋がることは、むしろメリットになるだろう。

「裏であろうと、表であろうと構わない——とにかく奴らは、自分たちにメリットのある相手を仲間につけたいのでしょう。いずれにせよ、このまま野放しにはできません」

拓海の言葉に、桐也は深く頷いた。

野放しにはできないという言葉は、SLY FOXをこの街から一掃するという意味なのだろうか。それはすなわち、SLY FOXと抗争を起こすということである。

不安から、菫の背筋に冷たいものが走った。

「ひとつ気になることがある。奴らは俺を釣るための餌として、龍桜会《りゅうおうかい》の名前を出した。しかし俺たちもこの目で見たように、蛇沼兄弟と美桜《みおう》は一緒になって地上げ行為をしていた。SLY FOXは俺に仲間になれと言ったが、すでに龍桜会とも繋がっている可能性もある」

桐也の言葉に、拓海は頷く。

「ええ、むしろ天秤《てんびん》にかけているのでしょう。おそらく龍桜会にも、同じ話をしているはずです。事前に開発会社の名前を使って接触をしたのは、美桜の懐に入り込むためでしょう。もしくはそのときに、すでに正体を明かしていたのかもしれません」

「問題は——その後、奴がその話に乗ったかどうか、ということだ」

菫はハッとした。確かに、SLY FOXがもしうちにしたのと同じ話を持ち掛けていて、龍桜会がそれを承諾したとしたら——この街から追い出されるのは、獅月組のほうだ。

菫の体は、いよいよ冷たくなる。

しかし同時に、桐也の言葉を受けて考えた。

獅月組因縁の相手である、龍桜会——そしてその若頭である龍咲《りゅうざき》美桜は、桐也のことをとりわけ敵対視している。

美桜は菫のことを、桐也を痛めつけるための駒としか思っておらず、そのために幾度となく危険な目に遭った。屈辱的な思いをさせられたこともあり、彼のことは率直に言ってしまえば、好きではない。

けれど、それほどまでに桐也へ執着をし、いかなる時も獅月組を潰すことだけを考えているその姿勢には、極道としての矜持《きょうじ》を感じていた。

(美桜さんは、あの人たちの話に共感をする……？)

桐也と拓海も、何かを考え込むようにして黙っている。はじめに口を開いたのは、拓海だった。

「あのひとは、獅月組を潰すためならなんでもする人です。そこに利があれば、迷うことはないでしょう。そもそも美桜は、この街で抗争を起こすことを望んでいますから。兵力が増えることは好都合でしょう」

美桜から依頼を受け、いっときは桐也を裏切りかけた拓海は、そのことを思い出して悔いているように、顔をしかめた。

「ああ、そうだな……」

桐也は顎に手を当てて、思案顔で頷いた。しかしその表情には、何か迷いがあるようにも見える。

(桐也さんは、どう思っているんだろう……)

本当のところを訊きたかったが、そこまで口出しをするのは、出過ぎた真似《まね》であろうと思い、口をつぐむ。

「いずれにせよ、奴らと龍桜会の繋がりがはっきりするまでは、軽はずみに動くわけにはいかないな。そのあたりの情報を、信用のできる筋から得られるといいんだが」

「それは僕の仕事ですね。ただ、相手があの龍桜会ですから簡単には――」

そこまで言いかけたとき、拓海と桐也が同時に、ハッと目を見開いた。

「――龍咲虎桜《こざくら》！」

拓海が明るい声で言う。桐也も表情を変えて、頷いた。

「ああ、奴ならきっと何かを知っている」

その名前に覚えのない菫は、ふたりに尋ねた。

「あの、その方は、どういう方なのでしょう？」

「おまえには、話したことがなかったな。龍咲虎桜は、美桜の弟だ」

「美桜さんに、弟さんが！」

なんとなく、美桜は龍桜会のたったひとりの跡継ぎというような気がしていて、菫は驚いてしまう。

「弟と言っても、腹違いだがな。美桜の父親であり会長の龍咲桜路《おうじ》が、愛人に産ませた子らしい。そのせいか、あいつらは仲が悪くてな」

「虎桜さんは若頭補佐の立場にありますが、組織の運営にはほとんど携わっていません。龍桜会のシマで、数多くの飲食店やホストクラブを経営していて、特に自らナンバーワンとして君臨する店『PinkTiger』は、この繁華街で一番の売り上げを誇っています」

桐也と拓海が、代わる代わる説明をした。

「ご兄弟で得意分野を分担しているのですね。でしたら、仲が悪いというわけではないのでは？」

疑問に思って訊くと、桐也は少し難しい顔になる。代わりに拓海が口を開いた。

「こう考えることもできます。虎桜さんは美桜さんの妨害によって、組織の運営に関わらせてもらえないのだ、と――」

菫はハッと肩を上げた。

「極道は家父長制によって跡継ぎを決めることがほとんどです。ですが、いくら愛人の子とはいえ、会長である龍咲桜路が虎桜さんを引き取って肩書きを与えている以上、彼にもその権利はある。美桜が恐れているのは、そのことでしょう。だから、組織の外に追いやった。しかし虎桜さんには経営の手腕がありました。今ではこの繁華街で、彼の名前を知らない者はいません。そして誰もが、彼の動きに注目をしているのです」

菫が「注目？」と首を傾《かし》げる。すると拓海は、その目の奥をきらりと光らせて言った。

「彼がいつ、龍桜会に反旗を翻すのかと……ね」

そんなことは思いも寄らなかった菫は、小さく息を呑む。

「まぁ、すべては外野の推測でしかないがな。そういうこともあって、俺たちは虎桜の動向を常に気にしているというわけだ」

龍咲虎桜にまつわる背景を聞いて、菫はようやくすべてを理解した。

「そんな事情を抱える虎桜さんでしたら、龍桜会の弱みとなる情報も、あえてこちらに流してくれる可能性があるということですね」

そういうことです、と拓海が頷《うなず》いた。

「もちろん、タダでとはいかないだろうがな」

「そこは僕の出番ですよ。情報屋としての腕が鳴ります」

「恩に着る。相手が虎桜とはいえ、俺が龍桜会のシマに顔を出すわけにはいかないからな」

桐也が深く頭を下げる。すると拓海は、「兄弟として当たり前ですよ」と言って、晴れやかに笑った。

（拓海さんが仲間になってくれて、本当によかった）

盃《さかずき》を交わし、五分の兄弟となった桐也と拓海は、まさしくほんとうの兄と弟のように深く結びついた関係を築いている。

菫はふたりの姿を見てそっと微笑《ほほえ》みながら、犬飼《いぬかい》拓海という心強い仲間ができたことを、あらためて喜ばしく思った。

そして同時に、胸に秘めた決意を想《おも》う。

（私にも、何かできることをしなくちゃ）

姐御《あねご》として、そして桐也の妻として、現状に素知らぬふりをするわけにはいかない。

しかし何も力を持たない菫が最前線で戦うという絵図は、とうてい現実的ではないということも、十分に承知していた。それならばせめて、別の力を手に入れることはできないだろうかと、ずっと考えていたのだ。

(拓海さんなら、きっと——)

信頼の置けるボディガードであり、唯一の友人である彼なら、菫のこの気持ちを相談できるかもしれないと、菫はそう思った。

「それではさっそく今夜、虎桜さんの元へ向かおうと思います」

そう言って立ち上がった拓海を桐也と共に見送ったあと、菫はこっそりと、そのあとを追いかけた。

「拓海さん！」

獅月組の屋敷《やしき》を出た拓海は、迎えの車にまさに乗り込もうとするときで、菫は慌てて声を掛ける。クラシックなセダンの運転席には、顔見知りでもある世話係の鶴間半蔵《かくまはんぞう》がいて、これから少し時間を取らせてしまうことの詫《わ》びの意味も込めて、菫は深く辞儀をした。

「菫さん！　どうされましたか？」

拓海は少し驚いたような表情で訊いた。

菫は息を整えながら、この気持ちをどうしたら間違いなく彼に伝えられるだろうかと考える。いまから伝える想いに誤解があってはならず、ましてこのことを、桐也には絶対に知られてはならなかった。

名前を呼んだきり、深刻な顔つきで黙り込んでしまった菫を見て、拓海は首を傾げた。

「もしかして、何か心配ごとですか？　僕の仕事ぶりに不安でも――」

「いえ、違います！　拓海さんのことは信頼しています。いつも私たちの力になっていただき、心から感謝をしています」

「それを聞いて安心しました。では、桐也さんからの伝言ですか？」

菫は「いえ」と首を振る。

（しっかり、しなくちゃ）

胸の前で握り合わせた手に、ぎゅっと力を込める。

「あの、私……拓海さんにお願いごとがあるんです」

「なんだ、そんなことですか。菫さん――いえ、姐《あね》さんのお願いごとでしたら、なんでも聞きますよ」

「実は、私――」

拓海の目をまっすぐに見つめながら、菫は自らの考えをすっかり話し終える。しかし拓海は、その内容を聞いて表情を険しくした。

「それは……僕ひとりで判断をすることはできません。そもそも桐也さんはご存じなのですか？」

「私がひとりで決めたことです。桐也さんは、何も知りません」

「だったらなおさらです！　それを聞いてしまっては、とても頷くことなどできませんよ」

「お願いします！」

菫はすがるように、深く頭を下げる。

菫のこの想いを、拓海なら理解してくれるかもしれないと期待したが、やはり現実は甘くなかった。いや、それだけ無茶なお願いをしているということなのだろう。

でも、それでも——いまここで引き下がるわけにはいかないのだ。

「菫さん！　頭を上げてください！　お願いですから、桐也さんに相談を——」

「桐也さんに心配を掛けたくないんです！　獅月組の姐御として、私もみなさんのお力になりたい。承諾してくださるまで、私はこの場を動きません！　どうか、どうかお願いいたします」

「菫さん……」

ただ頭を下げることしかできない自分を情けなく思いながらも、この誠意を必ずや拓海にわかってもらうのだと決意し、菫はそれから、決して顔を上げることはなかった。

しばらくして、観念したような拓海のため息が聞こえた。

「──わかりました。ですから、お願いです。顔を上げてください」

そう言われてようやく、菫は彼の言葉に従う。

「では、私の願いを聞いてくださるのですか？」

拓海は「ええ」と頷いた。

「ありがとうございます！」

再び深く辞儀をして顔を上げると、そこには仕方がないというように苦笑いを浮かべる拓海の顔があった。

「まったく、顔に似合わず強情なお姫様だ。負けましたよ」

からかわれたことと、結局はまるで子どものように駄々をこねる形になってしまったことを恥じて、菫は赤くなる。

「……すみませんでした」

「いえ、さすがは桐也さんの奥様です。また、あなたのことを見直しましたよ。ただ、ひとつだけ確認をさせてください」

「──はい」

拓海が真剣な表情になり、菫も姿勢を正して返事をした。

「おそらくこれからは、菫さんにとって心も身体《からだ》もつらい日々となるでしょう。引き受けたからには、僕も容赦はしません。それでもあなたは、僕に必ずついてくると誓いますか？」

さらりとした髪と同じ色をした薄茶色の瞳が、まっすぐにこちらを見ている。

拓海の言うような試練は、もとより覚悟の上だ。しかしあらためて、その誓いを自分の胸に刻むよう、菫はしっかりとした声で宣言をする。

「はい、よろしくお願いいたします」

たったそれだけの言葉であるが、菫の覚悟をわかってくれたのだろう。拓海は深く頷いたあと、車に乗り込んだ。


それから数日後のこと――。

虎桜との交渉を終えたという拓海が、再び獅月組屋敷にやって来た。しかし和室の客間に正座する彼の表情は暗く、挨拶をしたきり俯《うつむ》いている。

馴染《なじ》みの和菓子店で買った上用饅頭《まんじゅう》と緑茶を出したあと、ワンピースの裾が広がらないよう注意しながら、菫も対面に膝を揃《そろ》えた。

（拓海さん、お話がうまくいかなかったのかな……）

出された茶に口もつけないで、浮かない顔をしている拓海を見て、菫は思う。

兄弟の確執があるとはいえ、相手はあの龍桜会の身内だ。さすがの拓海であっても、そう簡単にいく話ではないだろう。

横にいる桐也も、口を固く閉じて次の言葉を待っている。しばらくの沈黙のあと、拓海はようやく口を開いた。

「――僕は、とんでもないことを約束してしまったのかもしれません」

とんでもないこと……菫はその言葉の意味を考えて、小さく息を呑《の》む。

桐也が言っていたように、龍桜会の若頭補佐にある立場の虎桜が、仲違《なかたが》いをしているとはいえ兄を裏切る情報を流すのに、タダでとはいかないだろう。

「それは、交換条件ということか？」

桐也が訊《き》いた。

「はい。情報を提供するにあたり、相応のものを差し出せと」

「虎桜の立場を考えれば当然のことだ。もとより覚悟はしている」

「しかし僕は、それを独断してしまいました。少し、焦っていたのかもしれません。よりによって、こんな条件を呑むなんて――」

拓海が受け入れた条件とは、いったいどんなものなのか。菫は不安になって、桐也の顔を見た。しかし桐也は、顔色ひとつ変えず、拓海のことをじっと見つめている。

「俺はおまえを信じて、この仕事を任せた。だからおまえが決めたことは、どんなことでも受け入れる」

(桐也さん……)

そのまっすぐな瞳を見て、菫の心は震えた。

兄弟分の拓海を、何があっても信じるという強い心。いつなんどきも揺らぐことのない、極道としての桐也の矜持《きょうじ》を感じ、頼もしく思う。

「ありがとうございます。では、お話しします。情報を提供する代わりに、虎桜さんがこちらに提示した条件、それは——」

何があっても動じない桐也のように、これから拓海によってどんな衝撃的な言葉が発せられようとも受け入れる覚悟を決め、菫は背筋を正した。

「——桐也さんと僕に、ホストクラブで働いて欲しいというものです」

「…………」

「…………は？」

コン——と庭にある鹿威《ししおどし》しの音が鳴り、静かな和室に間の抜けた桐也の声が響いた。

「……どういうことだ？」

「ですから、桐也さんと僕にホストクラブで働いて欲しいと」

「そうじゃなくて」

「顔面の良い《い》人員は多いほうがいいとのことなので、マサさんもお誘いしようと思っています」

「だから！」

かぶせるように桐也がそう言うと、拓海は「ああ」と合点したように頷《うなず》いた。

「虎桜さんの経営するホストクラブ『PinkTiger』が、今度二号店をオープンするのですが、スタッフが足りないそうなんです。それで、オープンイベントの日だけ、僕と桐也さんにキャストとして働いて欲しいと……あ、安心してください。衣装は僕のほうで用意しますので――」

「まてまてまて」

桐也はこめかみを押さえながら、片手を上げて拓海の言葉を制した。

「衣装はご自分で用意されますか？」

「そこじゃねえ！」

拓海が首を傾《かし》げた。

「おまえ、そんな話を呑んだのか!?」

「ええ、ですからとんでもないことを約束してしまったと最初に」

「とんでもないの種類が違うだろ!?」

　桐也が声を張り上げる。

　菫のほうも、交換条件というのはてっきり、こちらの機密情報や金銭を渡したりすることだと思っていたため、呆気《あっけ》にとられてしまった。それだけならまだしも、よもや美桜と対立するために虎桜側につくことを約束させられたのではないかと、そんなことまで考えていたくらいである。

（ホストクラブ……）

　それが、ホストとして店を手伝うだけでよいというのなら、これはいい話なのだろうか。

　菫にはどう結論づけてよいかわからず、桐也の顔色を窺《うかが》う。

（あ……）

　露骨に嫌そうな顔をしていた。

「やはりお断りしたほうがよかったでしょうか？　僕はともかく、桐也さんは……」

「お、俺はなんだって言うんだよ!?」

「いえ、見た目は文句なしなのですが、なんというか、その……」

「はっきり言え！」

「それでは失礼を承知で言わせてもらいます。桐也さんは女性に対しては野暮というか、そもそも普段から無口で愛想がありません。ですから、話術で女性を楽しませるホストという職業には、あまり向かないかと」

「はっきり言うな！」

桐也は顔を赤くして、言葉を止めた。

「おまえ、爽やかな顔してそういうところがあるぞ!?」

「はっきり言えと言ったのは桐也さんじゃないですか！」

桐也に責められた拓海は、いつになく弟然とした口調で、大げさな泣き顔をして見せる。

まるで子どものように、わぁわぁと言い合いをするふたりは、まるで本当の兄弟のように見えて。

菫は少し微笑《ほほえ》ましく思ってしまったが、今はほっこりしている場合ではないだろう。

(桐也さん、どうするんだろう……？)

ホストクラブに行ったことはないが、そこがどういう場所なのかは、なんとなく知っている。というのも、姉が借金を作った理由のひとつが、お目当てのホストに入れ込んだことによるものだったからだ。

そう思うと、あまりいい印象ではないが、あの我儘《わがまま》な姉をそこまで手懐ける手腕とは、いったいどんなものなのだろうかと気になったことはある。

拓海の言うとおり、話術で女性を楽しませるというのがホストの仕事なのであろうが、そう考えるとやはり、申し訳ないが……桐也には向いていないと、菫も思ってしまった。

「お、俺が言いたいのは！　ホストはそんなに甘い仕事じゃねえってことだ。付け焼き刃でどうにかなるもんじゃねえだろ」

「ええ、僕もそう思います。だから無理強いはしませんよ。桐也さんに断られることは、想定の範囲内です。幸い僕は、犬飼一家《いぬかいいっか》の人間として、ありとあらゆる対人スキルを身に着けていますから。そこには当然、女性を喜ばせる話術や所作も含まれています。今回は、僕ひとりで行ってきますよ」

拓海はにっこりと笑ってそう言ったあと、小さな声でこう付け加えた。

「少し、心細いですが……」

長い睫毛《まつげ》が伏せられ、目元に影が落ちる。丸く茶色い瞳を、うるうると潤ませたその表情は、まるで兄に置いて行かれた、寂しい小さな弟のようで——。

「ぐっ……」

それを見た桐也が、喉が詰まったような声を出した。

「でも、大丈夫です。僕ひとりで、なんとかなりますから。僕の稼業はいつだって孤独なんです。そう、だから、ひとりで敵陣に赴くなんて全然平気——」

「っ……わかった！　俺もやるよ！　やりゃあいいんだろ！」

たまりかねて、桐也が叫ぶ。

「桐也さん！」

すると拓海は、さっきまでの心細そうな表情をすぐに一変させて、顔を輝かせた。

「僕は信じていましたよ！　ありがとうございます！」

拓海は立ち上がり、桐也の前に座り直すと、その両手を握ってぶんぶんと縦に振る。

まったくしょうがない、といった様子でなすがままになっている桐也を見て、もしかしてこれは、まんまと拓海の策略にはまってしまったのではと、菫はそう思うのだった。

そうと決まればすぐにやらなければならないことがあると、拓海は一同を和室の大広間へと移動させた。事情を話してマサも呼び、菫は頼まれたホワイトボードを用意する。

正座をして彼の前に並んだ三人は、いったい何が始まるのかと神妙な顔つきになった。

コホン、とひとつ咳払《せきばら》いをした拓海がことさら明るい声で言う。

「と、いうわけで！　ただいまから犬飼拓海プレゼンツ『女性を喜ばせる話し方』講座をはじめます！」

「はっ？」

桐也が思わず膝を立てたが、拓海は構うことなくペンを走らせた。達筆ですらすらと大きくテーマを書くと、にこにこ顔で振り返る。

「さて、本日はホストとして働くにあたり最も必要なトーク術を勉強します！　テーマは見ての通り。そして審査員は、我らが姐御《あねご》こと菫さんにお願いしたいと思います！」

急に指名をされた菫は、「えっ」と思わず声を上げた。

「わ、私……ですか？」

「はい、菫さんは紅一点ですから！」

「で、でも、何をすれば……」

「やることは簡単です。今から僕の指導のもと、桐也さんとマサさんに『女性を喜ばせる話し方』を学んでもらいます。そのあとで実践を行いますので、菫さんにはいち女性として、それを評価していただきたいのです」

「な、なるほどです……！」

菫は顎に手を当てて、この現場における自らの役割を反すうした。

実践というからには、桐也が自ら考えた『女性を喜ばせる話し方』で、女性客に見立てた菫を口説きにかかるということなのだろう。

（それはすごくうれし……いえ、重要な任務だわ！）

菫は一瞬だけ頭をもたげた下心を打ち消し、拳を胸の前で力強く握る。

「桐也さんが立派なホストとして活躍できるよう、しっかりと評価をお願いしますね！」

「はいっ！　頑張ります！」

拓海に言われた菫は、ぴっと姿勢を正した。任務の一員に加わることになったマサも、やる気十分といった様子で、目を輝かせている。この場で生気のない目をしているのは、桐也ひとりであった。

「先生！　俺も頑張るっす！」

菫の右側に座っているマサが、片手をぴんと挙げて声を張り上げた。

「マサさん、やる気があっていいですね！　後輩属性の天真爛漫《てんしんらんまん》わんこ系金髪イケメンは貴重な存在ですから、助かります」

拓海がにっこりしながらそう言うと、マサはわかりやすく鼻息を荒くした。

「い、いやぁ……本当は別にホストなんて興味ないんすけどね～。拓海さんがそんなに言うなら、俺もやってやろうかなって？　でも俺って、そんなイケメンっすかねぇ」

そう言いながらも顔は真っ赤で、照れくさそうに頭を掻《か》いている。

桐也のことを崇拝しているマサは、その桐也が信頼をしている拓海のことは当然のように尊敬をしていて。だからそんな彼に褒められたことがうれしいのだろうと、菫は微笑ましい気持ちになった。

それに、拓海の言っていることはよくわかる。菫はそう思って、両側に座っているマサと桐也を交互に見た。

ホストの手伝いというのが、いったいどういうものかはわからないが、新たに助《すけ》っ人《と》を加えるならば、マサのような『後輩属性の天真爛漫わんこ系金髪イケメン』は、拓海の言うとおり助かる存在だ。

(とくに桐也さんがクールだから、バランスがいいよね)

そう思いながら納得していると、左側から抑揚のない声が聞こえてハッとする。

「コウハイゾクセイの……ワンコケイ……？　あいつは何を言っているんだ……？」

拓海が言った言葉を呪文のように呟《つぶや》きながら、桐也が困惑の表情で固まっていた。

(と、桐也さん……)

思った以上に、桐也はこうした話題について免疫がないらしい。

「先生！　俺、いっぱい勉強してスーパーミラクルハイパーイケメンになるっす！」

「マサさん、期待していますよ！」

拓海におだてられて、「いえーい！」と両手を上げて喜んでいるマサを見て、桐也が菫に耳打ちをした。

「あれが本当に女にウケるのか？　後輩属性ってのは、そんなに需要あんのかよ……」

「はい、ありますよ。とくに姉御肌の女性や一緒になって盛り上がるのが好きなタイプの女性にはマサさんのような性格は受けがいいと思います。お顔のタイプも——」

早口でそこまでを言い切った菫は、呆気に取られたような桐也の表情に気がつき、ハッとした。

(桐也さん、引いてる……？)

慌てて作り笑いを浮かべる。

「……と、いうのを、たまたまこのまえに見たテレビで言っていました」

そう言って誤魔化すと、桐也は「テレビでやるほど需要があんのか……」などとぶつぶつ言いながら、再び拓海のほうに向き直った。

(いけない、つい……)

実は審査員という役割を与えられたときから、菫の心はわくわくと弾んでしまっていた。

小さな頃からシンデレラに憧れていた菫は、夢のような恋愛物語や王子様のような男性像にめっぽう弱く、昔から恋愛小説や少女漫画を好んで読んできたこともあって、こうした話題には、どうしても気持ちが高ぶってしまうのだ。

（う、うっかり変なことを言わないようにしないと……）

菫は汗ばんだ手を、膝の上でぎゅっと握り締めた。

ひとりだけ変な汗をかいている菫をよそに、拓海の講座は進む。

「さて、まずトークの基本は共感です。来店した女性から、ときに悩み相談をされることもあるかもしれません。そんなときはどうしますか？　はい、桐也さん！」

「な、悩みごとがあるって言うんなら……ま、まずはアドバイスだろ」

突然に指された桐也は、戸惑いながら答えた。しかし拓海は、すっと真顔になり、手で大きくバツ印を作る。

「全然ダメです」

「なんでだよ!?　悩み相談されたらアドバイスするのが普通だろ!?」

拓海は「はぁ」と大きくため息をついた。

「考えてもみてください。自分のことをよく知らない初対面の男に、アドバイスをされたいと思いますか？」

「じゃ、じゃあどうすりゃいいってんだ？」

「最初に言ったとおり、トークの基本は共感です。悩みごとを相談されたときは、まず聞き役に徹する。そのあとで、相手の気持ちにしっかり共感をしてあげることが重要なのです。アドバイスはいりません。そして共感をしたあとは、やさしく励ましてあげるなどすると、更によいでしょう」

拓海はホワイトボードに「共感」と書き込むと、どこからか取り出した指示棒を使って、身振り手振り説明をした。

「それでは以上を踏まえて、実践をしてみましょう」

「も、もう!?」

桐也の困惑した声が響いたが、拓海はにこにことした表情のまま、それに答えることはなかった。

「さぁ、菫さんの出番ですよ！　準備はよろしいですか？」

菫は「はい！」と姿勢を正す。すると拓海は満足したように頷《うなず》き、今度は桐也とマサの顔を代わる代わる見た。

「それではおふたりは菫さんをお客様だと思って、悩みごとを聞いたあとに励ましをする設定で、やさしい言葉を掛けてあげてください。いいですね？」

マサも元気よく返事をする。桐也だけが口をぱくぱくして言葉を失っていたが、無情にもロールプレイングははじまってしまった。

「それではマサさんから、どうぞ！」

「はいっす！」

マサは勢いよく手を挙げると、おもむろに菫のまえへとやって来る。そして目を閉じると、すうっと大きく息を吸った。

「大変だったんだね……でも、もう大丈夫。俺がずっと、そばにいるよ。だって俺は……君だけのヒーローだから！」

「………！」

菫は息を呑《の》み、両手で口元を覆った。

何故《なぜ》ならそこには、マサが好んでいる戦隊ヒーローのレッドがいたからだ。

(見た目はやんちゃな金髪で、中身は天真爛漫な後輩くん。そんな彼が、つい弱みを見せてしまったときにだけ、頼もしいヒーローに変身するだなんて——！)

「マサさん……完璧です……！」

菫はさっき自分を戒めたことなどすっかり忘れて立ち上がり、大きな拍手をする。

「なっ……」

桐也が驚いて菫を見上げたが、菫は構うことなく手を打ち続ける。

宿敵（マサが勝手に思っているだけであるが）である菫に褒められたマサは目を丸くして、「へ？」と間の抜けた声を出した。

「ええ、そうですね。とても素晴らしいです！」

拓海もそう言って、菫の拍手に加わる。桐也が「何故だ!?」と困惑の声を上げたが、興奮のスタンディングオベーションをするふたりには届かなかった。

「しっかり共感をしてから、親身になってやさしい言葉を掛けてあげるという流れが完璧です。マサさんらしさもあって、とてもよいですね！」

「ええ、ご自身のキャラクターをとても理解していると思います。やはりギャップは大切ですよね」

「!?」

「いやぁ～それほどでも……」

ひとり困惑の表情をする桐也を置いて、拍手は続く。称賛の嵐を浴びたマサは、照れながら頭を掻いた。

「さぁ、それではお次は桐也さんです」

拓海の言葉に、桐也は肩を上げた。

「や、やはり俺もやるんだな……」

「当然ですよ。どうぞ、気を楽に。ただの練習ですから」

そう言って、拓海は首を傾《かし》げながら無邪気な笑みを浮かべる。しかしその笑顔には、相手に有無を言わせぬ圧があった。

ぐっと何かを飲み込んだ桐也は、観念したように菫の前に出る。そして——。

「じ、事情はわかった。だが、悩みなんてもんは気合いで乗り切るしかねえ！」

「…………」

大広間を静寂が包んだ。

（ど、どうしよう……何か言ってあげなきゃ……）

桐也のプライドを護《まも》るため、そしてこの気まずい沈黙を打ち破るために、菫はそう思ったが、咄嗟《とっさ》に言葉が出て来なかった。

「……ど、どうでしたか？　菫さん」

おずおずと拓海が口を開く。

「え、えっと、あの……大変桐也さんらしくて、その」

ただ菫としては、彼のそんな不器用なところも愛おしく感じてしまったというのも、嘘《うそ》ではない。しかし審査員として、課せられたお題の正しい答えになっているかと言われると、やはりどうにも答えづらかった。

それで言《い》い淀《よど》んでいると、桐也が恥ずかしそうに口を開いた。

「こ、これじゃダメだってのは自分でもわかってる！　だから、どうすりゃいいのか教えてくれ！」

拓海は「そうですね……」と、顎に手を当てた。

「桐也さんは上司属性のクールな大人系黒髪イケメンですから」

「だからおまえはさっきから何を言っている」

菫は心の中で、「うんうん」と頷いた。拓海は話を続ける。

「クールな見た目は魅力的ですが、一見怖い人に見えてしまうところがあります。先程の台詞《せりふ》は、とても桐也さんらしいのですが、その見た目でその言い方をしてしまうと、お客様が怖がってしまうかもしれません」

「な、なるほど。確かにな……」

桐也は神妙に頷いた。それを見て、拓海は張り切った様子で指示棒を振り上げる。

「そこで必要なのがギャップです！」

「ギャップ……」

「菫さんもおっしゃっていましたが、人というのは、見た目で最初に感じた印象と、その中身に隔たりがあればあるほど、心がときめいてしまうものなのです。冷たそうな印象だった相手が、実はとってもやさしかった……なんていうのは、鉄板ですよね。そして桐也さんは、このタイプに該当します」

「つまり俺は、相手になるべく怖い印象を与えないよう、やさしい言葉遣いを心がければいいってことか?」

拓海は「そのとおりです」と頷く。

「さすがは桐也さん、理解が早いですね！　ではそれらを踏まえた上で、次にいってみましょう！」

「まだやるのか!?」

「当然です。短期間でいい男になるには、こんなものじゃ足りませんよ。さて、次の課題は『女性を喜ばせる甘い言葉』です。気持ちの籠った、オリジナルのあま〜い台詞を、心の底から叫んじゃってください！」

拓海が満面の笑みで、指示棒を振りかざす。

その様子はいかにも楽しそうといったふうで、桐也は「おまえ、面白がってるだろ!?」

と声を張り上げたが、拓海は笑顔のままスルーしていた。

（桐也さんからの……甘い……言葉……！）

そして菫は、拓海の口から発せられた新たなテーマの甘美な魅力に肩を震わせる。

「それではさっそくいってみましょう。お店にやってきた女の子を、スイーツのように甘い言葉でとろけさせちゃってください！　それでは、マサさん！」

勢いに乗っているマサは、名前を呼ばれてすぐに立ち上がる。その堂々たる立ち姿と真剣な表情は、まるで舞台に登場する間際の俳優のようだ。

マサはひとつ深呼吸をすると、その手をすっと菫のまえに差し出して言った。

「そんなにかわいくされたら……俺、悪者になって、君のことさらっちゃうよ？」

「は？」

誰よりも早く、桐也の冷えた声が響いた。

しかしその横で、菫が熱を帯びた声を上げる。

「素晴らしいです、マサさん！」

「なっ……!?」

「さきほどのヒーロー発言から一転、悪い男になるギャップがたまりません！　ちょっと強引なところも、また女の子の心をくすぐります！」

「さすがは審査員の菫さん、的確な評価ですね！　僕も素晴らしいと思います！」

再び絶賛の嵐を受けたマサは、まるで子どものように「エッヘン！」と威張っていた。

「さぁ、次は桐也さんですよ！」

拓海に振られて、桐也の肩がびくりと上がる。

「頑張ってください！　桐也さん！」

菫は思わず心の声を口に出し、期待の眼差《まなざ》しで桐也を見つめた。兄貴の甘い言葉が聞けるとあって、マサも目を輝かせている。

「くっ……」

多方面から熱い視線を送られている桐也は、しかし眉間に皺《しわ》を寄せて、苦悶《くもん》の表情をしていた。

（桐也さん、すごく困ってる……）

「あ、甘い……言葉……ダメだ、全然浮かばねえ……」

こめかみに手を当ててしばらく考え込んでいた桐也が、絞り出すような声でそう言ったのが聞こえて、菫は決意する。

（妻として、桐也さんを助けないと！）

「桐也さん！　私がいまから考える台詞を言ってください！」

「なっ、どういうことだ!?」

「拓海さん、審査員の立場でありながら出過ぎた真似《まね》をお許しください。でも、このテーマは桐也さんにはあまりに荷が重すぎます」

「そうですね、僕もそう思います」

ふたりの会話を聞いて、桐也が「おい、おまえら！」とツッコミを入れたが、菫は話を続けた。

「ですから、私が考えた桐也さんにぴったりの『女性を喜ばせる甘い言葉』を自分のものにしていただくことで、この件は手打ちにしていただけませんか？」

犬飼一家の親分である拓海を目の前にしてひるむことなく、菫はきりりとした表情で交渉を持ちかけた。

「や、やるじゃねえか地味女……」

その姿を見たマサも、思わず呟《つぶや》く。

「真剣な顔で何の交渉をしてる!?」

この場でうろたえているのは、桐也ひとりだ。

拓海はしばらく考えたあと、満足げな笑みを浮かべて言った。

「――いいでしょう」

「ありがとうございます！」

「菫さんの熱意に負けましたよ。さすがは獅月組の姐御《あねご》です。それでは特別ルールとして、桐也さんは菫さんの考えた台詞を復唱してください。ただし！　情感をたっぷり込めて！　ですよ！」

「わ、わかった」

拓海の圧力に押されて桐也は頷《うなず》くと、菫に向き直って言った。

「すまない、菫。俺が不甲斐《ふがい》ないばかりに」

「こんなことはお安い御用です。私は桐也さんの妻なのですから」

「それで、俺は何と言えばいいんだ？」

「はい、それでは――」

菫は表情を引き締めると、桐也の耳元でそっと、自らの考えた渾身《こんしん》の『女性を喜ばせる甘い言葉』を囁《ささや》いた。

「…………」

「なっ……」

桐也が困惑した声を出す。

「そ、そんな台詞を……お、俺が言うのか？」

「はい！　桐也さんが言えば、女の子はきっとキュンキュンめろめろですよ！」

「きゅ、きゅんきゅん……？」

「はい！　キュンキュンめろめろです！」

すっかり気持ちが高ぶってしまっている菫は、体ごとずずいと桐也に迫った。

「それは楽しみですね！　さぁ、桐也さん！　菫さんがせっかく考えてくれたのですから、台詞をおっしゃってください！」

「兄貴！　ファイトっす！」

「っ……お……」

観念したように、桐也が口を開く。

「お、おまえは……俺の……」

いよいよ繰り出される甘い言葉への期待に三人も身を乗り出したが、しかし——。

「す、すまない、菫……俺には無理だぁあああ！」

広間に響いたのは、桐也の悲痛な叫び声だった。

それからも毎日のように拓海の講座は続き、とうとう『Pink Tiger』二号店のオープン日がやって来た。

心なしかげっそりとしている桐也と、姿見の前に立ってポーズを決めているマサと共に、菫は和室で迎えを待つ。

ふたりが着ているのは、衣装として拓海が用意をしてくれたスーツだ。

桐也は黒地にピンストライプの柄が入ったシックなもので、マサはグレイにペンシルストライプ柄という、少しカジュアルに寄ったデザインのものだ。ふたりとも、ジャケットのなかにはベストを着ていて、きゅっと締めたネクタイとポケットチーフが目を引いた。

(桐也さん、やっぱり王子様みたい……)

ホスト仕様ということでなのか、その着こなしは特別に華やかな印象で、菫はつい、見《み》惚《と》れてしまう。すると、ネクタイが少し曲がっているのに気がついた。

「桐也さん、ネクタイを直しますね」

声を掛けてから、腕を組んで窮屈そうに立っている桐也の首元に、そっと手を伸ばす。

「ああ、すまない。どうもこういう格好には慣れていなくてな」

「ふふっ。でも、お似合いですよ。桐也さん――」

うっかり「王子様みたいです」と付け加えそうになった菫は、慌てて口をつぐんだ。

「……ガラじゃねえよ」

桐也は小さな声でそう言ったが、その顔は少し赤くなっているように見えた。

(桐也さん、やっぱりホストのお仕事をするのが照れくさいのかな)

菫が見る限り、これまでどんなことがあっても弱気を見せることのなかった桐也が、ここ数日は、ため息ばかりついている。

拓海の講座はホスト業の研修も兼ねていたため、一般的な接客のやり方や、酒の作り方などのテーブルマナーについても指導があった。仕事となれば、なんでも器用にこなしてしまうタイプの桐也は、そういう基本的な技術についてはすぐに覚え込むことができた。

しかし肝心の会話術を習得できたのかと言われれば、それをすぐそばで見ていた菫は、少々頷きづらい。

拓海の講座テーマである『女性を喜ばせる話し方』は、普段から口数少なく、とくに女性に対してはぶっきらぼうともとれる態度を取ってしまいがちな桐也にとって、かなり難しいものだったようだ。

菫が助け舟を出した『女性を喜ばせる甘い言葉』という課題も、桐也は自分で考えると言って健闘したのだが、考えに考えてようやく口に出した言葉は——。

『い、今から……チョコレートパフェでも食いに行かねえか?』

という『女性を甘いもので喜ばせる言葉』であった。

（私にとっては、すごくすごくかわいかったけれど……）

そのときはあまりの愛おしさに悶絶《もんぜつ》しそうになるのを、審査員の立場としてなんとか堪えたが、世の一般的な女性がどう思うかと考えると――ちょっとわからない。

しかもホストクラブという場所は、お金を払って素敵な男性に楽しませてもらう場所なのだ。そしてその金額は決して安くはないわけで。それを思えば、並のもてなしでは満足してもらえないだろうということは、菫でも容易に想像がつく。

（桐也さん、大丈夫かな……）

いつになく不安そうな顔をしている桐也を励ますため、菫は顔を上げた。

「――桐也さんなら、きっとできますよ」

そう言うと、桐也は真剣な表情になって、菫をじっと見つめ返した。

「桐也さん……？」

「おまえは……いいのか？」

なんのことを言っているのかわからず、菫は首を傾《かし》げる。

「何が、でしょうか？」

「その……」

桐也は言いにくそうに頭を掻《か》いてから、口を開く。

「し、仕事とはいえ、俺が他の女に、やさしい言葉や甘い言葉を掛けても――」

「…………」

菫は、答えを言い淀《よど》む。

まったく気にしない――と言い切ってしまえば嘘《うそ》になるが、任務の一環とわかっていれば、自分でも驚くほど、さっぱりと割り切ることができた。交換条件として、桐也の身に危険が及ぶようなことをやらされるよりはよほどいいと、かえって安心したくらいである。

しかし以前に、菫はみっともない嫉妬の感情を露《あらわ》にしてしまったことがあった。きっと桐也はそのことを覚えていて、自分のことを気遣ってくれたのだろう。

やさしい夫の心配りをうれしく思いながら、だからこそ、余計な心配をさせてはいけないと、菫は背筋を伸ばす。

「私は、平気です」

菫はきっぱりとそう言ったあと、心からの笑みを浮かべて言った。

「だって、桐也さんを信じていますから」

その言葉を受けて、桐也は小さく息を呑《の》んだあと、少しうつむいて「ふっ」と笑い声を漏らした。

「――そうだな、俺も男だ。仕事だと覚悟を決めて、精一杯やってくるよ」

そう言って、菫の頭にぽんとやさしく手を置く。

菫が「はいっ」と晴れやかに返事をすると、障子戸の向こうからシンが呼んだ。

「兄貴！　犬飼一家の親分が参りました」

その声を聞いたマサは、きりりとした表情で最後の決めポーズをする。桐也も襟を正すと、小さく頷いた。

「それじゃあ、いってくる」

「はい、いってらっしゃいませ」

菫はにこりと笑ったが、部屋を出る桐也の足取りは、やはりどことなく重いように見えてしまうのだった。

＊＊＊

半蔵の運転する車に乗って、三人はホストクラブ『PinkTiger』へとやって来た。

ギラギラとした照明が煌《きら》めく店内は、若者が好みそうなポップな内装で、壁には店の名前とロゴをかたどったネオンが、ピンク色に点滅している。

一見すると、流行《はや》りのクラブやバーのようであったが、その中央に鎮座するシャンパンタワーが、ここが紛れもないホストクラブであることを物語っていた。

店内に入った桐也たちを出迎えたのは、長い睫毛《まつげ》が影を落とすくっきりとした二重瞼《ふたえまぶた》に、隙なくセットされたショッキングピンクの髪が印象的な色男。

この店のオーナーであり、『PinkTiger』不動のナンバーワンでもある龍咲虎桜だ。

「我が夢の城へようこそ～」

と、独特の気怠《けだる》い口調でそう言った虎桜は、重たそうなシルバーアクセサリーのついた手をひらひらと振る。

新店のオープン日であるが、虎桜は仰々しいスーツではなく、ブランドのロゴが入ったTシャツに黒のサマージャケットという身軽な服装をしていて、そんなところがいかにも彼らしかった。

「まさか本当に来るとは思わなかったよ。あんたはこういう場所、嫌いだと思ってた」

「今日はよろしく頼む。俺も精一杯の努力をする」

桐也が頭を下げる。すると虎桜の薄い唇が、ニッと引き上げられた。

「ふーん、俺から欲しい情報がそれだけのものってワケね。おもしれーじゃん。でもこの世界、あんたが思ってるほど甘くないよ。欲しいのは努力じゃなくて数字。今夜は過去最高の売り上げ以外認めねー」

猫科の動物を思わせる虎桜の艶っぽい目が、挑発するように桐也を見上げている。捉えどころのない男だが、その目に宿る光は、ぎらりと野心に満ちていた。

毛先を弄んでいる左腕の袖が持ち上がり、龍桜会ナンバーツーの威厳を密《ひそ》かに主張するように、洋彫りの虎がちらりと覗《のぞ》く。

桐也はその目に気圧《けお》されぬよう、彼をまっすぐに見据えて頷《うなず》いた。

「わかった。それに必ず貢献する」

「ふーん、素直じゃん」

虎桜はぺろりと舌なめずりをした。

「研修はたくみんがしてくれたんだっけ？」

「たくみん」

桐也が呟《つぶや》くと、そのあだ名の主がにこりと笑った。

「ええ。しっかりやらせていただきました」

「じゃあ俺から教えることはねーな。あんたはあんたで話術のプロだ」

「恐縮です」

年齢が近いせいもあるのだろうが、拓海と話すときの虎桜の声色には、棘《とげ》がないように感じた。拓海は交渉に成功しただけでなく、この短期間で随分と虎桜との距離を縮めたらしい。

無論、そうした態度も拓海の交渉術の一環であるし、虎桜とてそれを承知の上で、あえてくだけた態度を取っているのだろう。どちらも決して、腹の底を見せることはない。

しかしとはいえ、ふたりの息は妙に合っているように見えた。

「てかマジで若頭をリクルートするなんてビビったよ」

「ご要望のとおりに。それから人員は多いほうがよいとのことでしたので、マサさんにも来ていただきました」

「後輩属性の天真爛漫《てんしんらんまん》わんこ系金髪イケメン助かる」

「ええ、キャストさんの名簿を拝見して、ちょうど足りないキャラクターだと思いまして」

「親分しごでき」

「…………?」

そして桐也だけが、会話の内容にまったくついていけない。

（ま、またコウハイゾクセイだ……やっぱり流行ってんのか？　くそっ、何を話しているのかまったくわからねえ……）

虎桜からも褒められたマサは、「いえ〜い！」と無邪気に喜んで、あろうことか虎桜にハイタッチを求めていた。

「気軽に触んな」

「いてててて！」

案の定、その手をいかついシルバーリングごと虎桜から強く握られて、マサは絶叫する。

「ひどいっすよ、虎桜さ〜ん」

「かわいがってやってんだよ。飲めねーならそのぶん盛り上げろよ」

「任せてくださいっす！」

しかしマサは動じることなく、白い歯を見せて敬礼のポーズをした。どうやらこの場で緊張をしているのは、桐也だけのようである。

「それで、僕たちはどの卓につけばいいですか？」

「あーたくみんはあっちのヘルプに。桐也さんとマサさんは向こうの卓で黒髪姫カットと巻きおろしの女の子の相手して」

「？　あ、ああ……」

クロカミヒメカットとマキオロシの意味はわからなかったが、桐也は虎桜が親指で差した方向を見る。

その先には派手に着飾った女性がふたり、ソファ席にゆったりと腰掛けていた。スカートからすらりと伸びる脚を優雅に組んで、シャンパングラスを傾けるその様子から、新規の客ではなく場慣れした女性たちなのだろうと推測する。

マサと共にテーブルへ向かおうとした桐也を、「補足情報」と言って虎桜が呼び止めた。

「あの子ら前店からの常連でまぁまぁの太い客なんで、失礼しないでくださいよ。ちなみにいま待たされておこなんでそこんとこよろしく」

虎桜がニッと笑う。

「――わかった」

おそらく虎桜は、桐也たちを試すつもりであえて常連客をあてがったのだろう。彼女たちは見るからにホスト慣れしていそうなタイプの女性で、そんなつわものを果たして楽しませることができるのかと、嫌な汗が背中をつたう。

しかしもう、覚悟を決めるしかなかった。

「おっまたせいたしましたぁ～！　当店おすすめの新人クンでぇ～す！　バリッバリの超イケメンですよ～！」

軽薄な口調のボーイにそう紹介され、いたたまれない気持ちになりながら、桐也は女性たちの待つ卓についた。

「はぁ？　新人？　虎桜のやつせっかくイベントだって言うから来てあげたのに、新人よこすとかありえないんだけど？」

「そーよ、しょーもない奴だったら承知しない……」

待たされたことへの腹いせだろう。茶色の髪を大きく巻いた女性と、前髪をまっすぐに揃《そろ》えたストレートヘアの女性は、ここぞとばかりに文句を言ったが、桐也たちを見てすぐに表情を変えた。

「どもっ！　君だけのヒーロー、新人のマサキでぇ～すっ！」

「やだ、ちょっとかわいいじゃない！」

「し、新人のキリヤだ……よろしく頼む」

「ビジュ最高！　え、てゆーか本当に新人なの!?」

拓海の考えた偽名——いや、源氏名を名乗った桐也は、女性たちからの歓声を聞いて、ほっと息を吐く。ひとまず第一関門は、突破したようだ。

しかし問題はこれからである。見た目だけで渡っていけるほど、ホストの世界も、そして女心も、甘くない。

案の定、最初は盛り上がっていた女性たちも、その後の桐也があまりにも無口なことに退屈をしてしまったようで、口を尖《とが》らせた。

「ちょっとぉ～なんか喋《しゃべ》りなさいよね」

「そーよ、いくら顔面つよつよでもつまんなかったらホスト失格だよ？」

「うっ……」

挟み撃ちでぐいぐいと攻め寄られ、思わず体を引くと、端に座っていたマサが声を張り上げた。

「うわあっと、兄……じゃなかった。え、えっと、キ、キリヤさんこう見えてシャイなんで、そのへんで勘弁してもらえませんっすかね？　代わりに俺、物まねするんで！」

「えー物まね～？」

「はいっす！　じゃあ、いくっすよ……今季激アツの戦隊ヒーロー、レッドの変身ポーズ！　とうっ！」

「あははっ、なにそれウケる～」

マサの物まねは好評で、場は大いに盛り上がる。おかげで窮地は乗り切ったが、同時に不甲斐《ふがい》ない思いに苛《さいな》まれて頭を抱えた。若頭の立場である桐也が、部下に助けられている場合ではない。

ふと、拓海はどうしているだろうかと彼のいる卓を見た桐也は、思わず「なっ……」と声を上げた。

その先にあったのは、まるでハーレムのようにぐるりと女性客に囲まれた拓海の姿。

「きゃあ～！　タクヤさん、素敵～！」

「タクヤさん、こっちにも来て～！」

と、こちらまで聞こえるほどの黄色い声が、あちこちから飛び交っている。拓海はそんな状況のなかでもまったく動じることなく、微笑をたたえながら、女性たちにやさしく話しかけていた。

内容までは聞こえなかったが、そのたびに女性客の目がきらきらと輝くのがわかる。周りにはホストたちまで集まって、神妙な顔で頷きながらメモを取っているほどだ。

(拓海もマサも、しっかりと店に貢献している……このままじゃ面子《めんつ》が立たねえ)

しかもこれは、ただの店の手伝いではないのだ。桐也たちの働きぶりによっては、虎桜が情報を出し渋る可能性も、大いにあるだろう。

(それに、菫と約束をしたんだ)

だからこそ、不甲斐ない結果を残すわけにはいかなかった。

「あー！　ほらぁ、また難しい顔してる！」

「す、すまない」

「あたしたちといるのそんなに退屈なの？」

「そ、そういうわけでは……」

しかし決意したそばから、女性たちに詰め寄られ、しどろもどろになってしまう。すると黒髪のほうの女性が「いいことを思いついた」というように顔を輝かせた。

「ねえねえ、せっかくかっこいいんだからさ。その顔で王子様みたいな甘い言葉、聞かせてよ？」

「なっ……」

ものすごく嫌な提案だが、ただ女性と会話をするよりは、答えがあるぶんやりやすい。

それに甘い言葉ならば、講座で練習済みだ。そこで拓海は、スイーツのような甘い言葉で女の子をとろけさせろと言っていた。チョコレートパフェを一緒に食べようと誘うのは、スイーツのような甘い言葉の解釈違いであると学んだが、マカロンならいいのだろうか。

（くっ……やっぱり何も浮かばねえ！）

そのときふと、菫から耳打ちされた言葉が思い浮かぶ。

（そうか、あれを言えば……）

しかし桐也は首を振った。

（ダメだ。菫が考えた言葉を、俺がここで言うわけにいかねえ）

耳打ちされた言葉は、たしかに女性が喜びそうな台詞《せりふ》であった。しかし彼女が一生懸命に考えた言葉を、自分のもののようにこの場で使うことは桐也のプライドが許さない。

それにもし、あの言葉が菫自身の言って欲しい言葉なのだとしたら——。

(なおさらほかの女になんて、言えねえだろ)

桐也は目を閉じる。あのとき審査員を任された菫は、喜びを隠しきれない様子で、いつになくはしゃいでいた。年相応の楽しそうな表情を思い出し、ふっと笑みを浮かべる。

その笑顔は、桐也の背中を強く押してくれた。

(——この場は俺ひとりの力で乗り切る)

ギンと鋭く目を見開く。そして喧嘩《けんか》の最前線にいるときのように頭をフル稼働させた。

桐也が持つ、ありったけの知識を振り絞って甘い言葉をひねり出す。

——おまえ、かわいいな。

——酒よりも俺に酔えよ。

——今夜は帰さないぜ、子猫ちゃん。

脳内に浮かんだ言葉を、王子様のように(？)この場で口に出す自分を想像して、思わず鳥肌が立った。

(折れるな……！)

女性たちは、すでに目をきらきらと輝かせてこちらを見ている。その横には、何故《なぜ》か期待に満ちた眼差《まなざ》しのマサの顔も並んでいて、いつもなら突っ込みを入れるところであるが、今の桐也にはそんな余裕もなかった。

（くっ……これも組のため……董のためだ。覚悟を決めろ……）

桐也はぐっと拳を握り締めたあと、ゆっくりと口を開いた。

「……こ、今夜は……」

「今夜は……？」

黒髪の女性がわくわくしたように、上目遣いで首を傾《かし》げる。だがしかし、桐也の口から出た言葉は——。

「っ……んなこと言えるかあああああっ！」

「!?」

やはり今回も、フロア中に響き渡るほどの叫び声であった。

「マジでありえねえんだけど」

オープンイベントが終わり、さっきまでの賑《にぎ》わいが嘘《うそ》のように静まり返ったフロアに、虎桜の冷えた声が響いた。桐也はうつむき、小さくぽつりと言う。

「──なんか、すまなかった」

「なんで頭下げてんだよ。逆にムカつく」

「…………」

なんと言っていいかわからず黙っていると、拓海がぱちぱちと手を叩《たた》いた。

「いやぁ、何もしないでナンバーワンになるなんて、さすがは桐也さんですよ」

「女の子たち、みんなめろめろだったっすね！　やっぱり兄貴は最高っす！」

「…………」

それが、わからない。

あれからも桐也は、入れ替わりにやって来る女性客たちに気の利いた言葉ひとつ掛けることができず、結局いつもの無愛想のままだった。

しかし何故か、その態度が大いに受けて、あっという間に女性客から取り合いになってしまったのだ。

「ヘルプ指名のナンバーワンな。それでも俺にはとうてい及ばねえから」

虎桜が不機嫌そうに腕を組む。彼の言うことはそのとおりで、桐也が人気だったといっても、それはあくまでヘルプ要員内でのことだ。

繁華街にその名を轟《とどろ》かす『PinkTiger』不動のナンバーワンである龍咲虎桜は各テーブ

ルから引っ張りだこ。オープン記念ということもあり、高価なシャンパンが何本も開けられていた。

「まぁでも売り上げ過去最高は達成できたからな。条件は呑《の》むよ」

傾げた首に手を当てながら、虎桜が言った。店の売り上げに貢献したことで、彼のお眼鏡にはかなったようだ。

桐也は安堵《あんど》しながらも、その表情を引き締める。

「恩に着る」

深く頭を下げると、虎桜は「じゃあ、あっちで」と言って、VIP用の個室を指差した。

店内ではキャストによる後片付けが進んでいて、マサには引き続きそれを手伝うように言ってから、桐也と拓海は案内に従った。

「迎え酒」

部屋に向かう途中に、虎桜がそう言って通りすがりの若いホストの肩を叩いた。

まだ学生のようなあどけなさを残している茶髪の若いホストは、驚いたように目を見開きながらも、「はい」と返事をして駆け足でその場を去る。

VIP用の個室は、ポップさを前面に出している店内とは少し違って、落ち着いた雰囲気の内装だった。テーブルを挟んで、体が沈んでしまうほど柔らかいソファに腰掛ける。

しばらくすると、「失礼します」と声がして、さっきの若いホストがボーイと共にやって来た。ボーイはよく冷やされたシャンパンとグラスをテーブルに並べると、手際よく酒を注いでいく。

「下がれ」

虎桜に言われて、ボーイは礼をして部屋を出た。しかし若いホストだけはその場に残ると、何やら言いたげな表情で虎桜のほうを見ている。

「なんだよ？」

「あ、あのっ……どうぞ！」

虎桜の低い声に弾《はじ》かれたように、若いホストはビニル袋からグレープフルーツの紙パックジュースを三つ取り出した。

「なに？　これ」

「よ、よかったら！　め、召し上がってください。柑橘《かんきつ》系のジュースは、二日酔いに効くって」

「……テメーはこの俺が酔っ払ってるって言いたいのかよ？」

虎桜が不愉快そうに眉間に皺《しわ》を寄せて立ち上がる。部屋の空気が冷たく張り詰め、桐也たちも思わず息を呑んだ。ホストから極道の目つきに変わった虎桜の迫力に気圧《けお》されて、若いホストは「ひっ」と短く悲鳴を上げる。

「ち、ちがっ」

「案外気が利くな」

「えっ？」

若いホストが目を丸くする。

「ただし今度はグラスで持ってこい。たとえ身内でも、安っぽく見られたらホストは終わりだ」

「は、はいっ！　ありがとうございます！」

虎桜に褒められた若いホストは腰を折り畳む勢いで礼をして、頬を紅潮させながら部屋を出て行った。

（従業員を手なずける手腕もさすがというわけか……）

一連のやりとりを見た桐也は、あらためて虎桜を見つめる。

条件は呑むと言葉ではそう言ったが、龍桜会のナンバーツーとしての腹の底はわからない。駆け引きは慎重にしなければならないと、桐也は気持ちを引き締めた。

戻ってソファに腰掛けた虎桜は、紙パックにストローを差しながら言った。

「で？　あんたたちが欲しいうちの情報ってのは何系の情報？」

「虎桜さんのお兄様に関する情報ですね」

拓海がにこりと笑って答える。虎桜は「ふーん」と言って、あれだけの饗宴《きょうえん》を経てもまるで乱れていない前髪を触りながら、不敵な笑みを浮かべた。

「兄貴の弱みなら、いざってときのためにいろいろ握ってるよ。あーでも女ネタはねーかな。そこが弱かったらもうちょっとやりやすいんだけど」

義理の兄に対する敵意を淡々と話す様子を見て、桐也は口を開く。

「SLY FOX という名を知っているか？」

単刀直入にそう言うと、虎桜の目の色が変わった。

「――ただの不良軍団だろ」

「ああ、その不良軍団と龍桜会との繋《つな》がりを知りたい」

「あー……もうそこまで調べついてるワケね。じゃあ、いっか」

「何か知ってるんだな？」

そう訊《き》くと、虎桜はしばらくジュースをすすってから口を開いた。

「あいつら胡散臭《うさんくさ》いビジネスやってるだろ。それでうちの若いのが大金溶かしてさ。調べさせたら、不動産の筋で兄貴が噛《か》んでた」

「ああ、うちのシマを狙うためだろう」

桐也はそう言って、美桜が商店街の土地を手に入れようとしたことを話した。虎桜は抑揚のない声で「あーなるほどね～」と言い、瞳だけを拓海のほうへ動かした。

「そのとき組んでたのがSLY FOXってワケだ」

「ええ、表向きは会社を名乗っていましたが、実態のないペーパーカンパニーでした。美桜さんと行動を共にしていたのは詐欺のプロで、蛇沼兄弟と呼ばれるふたりの人物です」

「あーそれってもしかして、インテリ眼鏡とワカメ頭のチャラ男？」

「まぁ、端的に言ってしまえば」

拓海が頷《うなず》くと、虎桜は「ふーん」とうれしそうな顔をした。

「じゃあビンゴ。事務所で兄貴がそいつらと話してるの見たよ」

「――！」

桐也は鋭く息を呑む。横目に映った拓海も、大きく目を見開いていた。

「それはいつのことだ？」

「一週間前。書類取りに帰ったときだから間違いない」

（菫と食事に行った日の、後日ということか――）

桐也は考えを巡らせる。

あの日、桐也はSLY FOXからの誘いを断った。拓海の見立てどおり、奴らが獅月組と龍桜会を天秤《てんびん》にかけていたのだとしたら――その後、美桜に声を掛けることは必然だろう。

一か八か、尋ねてみた。

「それは――すでに奴らと何らかの協定を結んでいると、そういうことか？」

「さぁ、そこまでは。俺は運営からハブられてるんで。まぁでも、なんか考えがあるのかもな。あいつは俺みたいなハンパとはちげーから」

飲み終えた紙パックを両手で持ち、ぺこぺこと弄ぶように潰しながら、虎桜は他人《ひと》ごとのように言った。

その捉えどころのない瞳に、彼の複雑な心境が映っているのを見て、桐也は思う。

（おそらく虎桜は、本当に実情を知らないのだろう）

いざ本格的にSLY FOXと協定を結ぶことになれば、それは一気に組織全体の問題となる。龍桜会ほどの巨大な組織ともなれば、当然反対する派閥も出てくるだろう。

現状から推測できるのは、美桜が単独でことを進めているということだ。

「つーわけで、俺が知ってる情報はこのくらいっすね～」

と、いつもの口調に戻った虎桜は、その長い脚を組んだあと、「あーそうだ」と言って、ポケットから封筒を取り出した。

「今日は機嫌がいいんで、もうひとつ」

「これは？」

桐也が中身を見る前に訊くと、虎桜はにやりと笑った。

「楽しい楽しい仮面舞踏会の招待券」

「仮面舞踏会？」

「お披露目パーティーってとこだろ。ふざけた催しだ」

「派手な余興をすることで資金力を誇示し、この街での地位を一気に上げようという魂胆でしょうか」

拓海がそう言うと、虎桜はわざとらしく大きな笑みを浮かべた。

「まー舐《な》めてるよな」

言われて受け取った封筒を開けると、黒地に黄色い文字でSLY FOXのロゴマークが書かれただけのシンプルなチケットが二枚、そして裏書に小さな文字でこうあった。

「……男女のペアでお越しください。当日は仮面をつけてご参加いただきます。肩書きや身分を忘れて、素敵な夜を――」

桐也が読み上げると、拓海は呆《あき》れたように肩をすくめた。

「確かに、これは楽しい楽しいパーティーですね」

「パー券は派手に配ってるよ。客の女社長に誘われたけど、俺が行けるわけないし行きたくもねー。でも奴らを追ってるなら、何かの役に立つんじゃね？」

虎桜はそう言って、意味ありげに笑った。

（もし龍桜会とSLY FOXがすでに繋がっているとすれば、そこに美桜の姿があってもおかしくはない――）

その現場を押さえれば明らかな証拠となり、言い逃れはできないだろう。うまくいけば、龍桜会もろとも一網打尽にできる。

（これはまたとないチャンスだ。しかし――）

桐也は少しためらったあと、顔を上げた。

「おまえはいいのか？　場合によっては、俺は龍桜会を――」

「別にいいよ」

言い終わらぬうちに、虎桜は口を開いた。

「そんときはそんときだ。俺はいつだって、流れに身を任せるだけ。ただ――」

「ただ？」

「――あのひとはあんたが思ってるより、ずっと極道の人間だよ」

こちらを見つめる虎桜の目に、思いがけず強い意思が宿っていて、ハッとする。

桐也はこのときはじめて、彼の瞳が兄と同じ色をしていることを知った。

＊＊＊

桐也から早朝に帰宅すると連絡を貰《もら》った菫は、落ち着かない気持ちで台所に立ち、味噌《みそ》汁《しる》を作っていた。

（二日酔いには、お味噌汁がいいって聞いたから……）

ホストクラブは、客と一緒に店員も酒を飲む場所だ。仕組みを少し調べたが、もし仕事がうまくいったのなら、桐也はたくさんのお酒を飲んでいるはずである。

ガチャリ――とドアの開く音がして、菫は肩を上げた。火を止めて、急いで玄関へと向かう。

「おかえりなさいませ！」

駆け寄ると、桐也はどこかほっとしたような表情になった。

「ただいま。こんなに早くに、起きていてくれたのか？」

菫が頷くと、桐也はふっと柔らかな笑顔になる。

「慣れないことをして、きっとお疲れになっていると思いましたので」

同じ笑みを浮かべて答えると、「言うようになったな」と、桐也は菫の頭を撫《な》でた。

「そんなことねえって言いたいところだが……さすがに疲れたよ」

桐也はそう言って、リビングに入るやいなや、ソファへと倒れ込んだ。

こんなふうに、あからさまに疲れた様子を見せる桐也は珍しい。やはり、慣れない仕事がよほどこたえたのだろう。

「何か冷たい飲み物でもご用意しましょうか？」

心労を気遣って訊くと、桐也は「頼む」と言って、大きく息を吐いた。

菫は冷蔵庫を開けて少し迷ってから、冷やしてあった水出しの麦茶をグラスに注いで、テーブルにコトリと置く。

「桐也さん」

名前を呼んだが、相当お疲れの様子である夫は、腕をアイマスク代わりのようにして顔に載せた体制のまま動かない。もしや寝てしまったのだろうかと、菫がそっと顔を覗《のぞ》き込むと、ふいに腕を摑《つか》まれた。

「！　起きていたんですね。私はてっきり……きゃっ」

話し終わる間もなく、その腕を引き寄せられてしまう。

そして――ぽふっ。

菫の体は、そのまま倒れ込むようにして、桐也の上に着地をした。

「と、桐也さん……ど、どう、されたんですか？」

　突然のことに顔を赤くして尋ねると、桐也が小さな声で言う。

「……充電、させてくれ」

「じゅ、充電？」

　それはどういう意味なのかと尋ねたが、桐也は答えず、その体勢のまま菫に手を回して、ぎゅっと抱き締めた。

「あ、あのっ」

「少し、このままでいさせてくれ」

「は、はいっ……」

　力強いけれど、決して乱暴ではない。その逞《たくま》しくて安心感のある腕に抱かれながら、菫は桐也の体温を感じた。

（あったかい……そっか、充電ってこういうことなんだ……）

　言葉の意味を理解した菫は、目を閉じてふっと笑みを浮かべる。

「桐也さん、お疲れ様でした」

　大きな胸に抱かれながら、顔だけを上げてそう言うと、桐也は「ああ、本当に疲れたよ」と、いつになく弱々しい声を出した。

「ホストのお仕事は大変でしたか？」

「ああ、思った以上だったよ。やはり俺には、女に甘い言葉を掛けるなんて無理だった。仕事だと割り切ればいいと何度も思ったが、どうしてもおまえの顔がちらついてな。甘い言葉どころか、まともに会話もできなかったよ」

桐也がそう言って、恥ずかしそうに笑う。菫も釣られて笑ったが、ハッとしてがばりと体を起こした。

「そ、それではお仕事は失敗してしまったのではないですか⁉」

「それが……」

桐也も身体《からだ》を起こすと、今度こそ言いにくそうに言った。

「……虎桜を除けば、俺の売り上げが一番だった」

「……何故《なぜ》です？」

菫は真顔になって首を傾《かし》げる。

「じ、自分で言うのはアレなんだが……ぶ、不器用なところがかわいいだとか……媚《こ》びない態度が新鮮だとか……そんなことを言われて……その……」

顔を真っ赤にして頭を掻《か》きながら、ぼそぼそとそんなことを言う桐也を見て、菫は思わず吹き出してしまった。

「ふふっ……さすがは桐也さんです！」

「か、からかってるだろう!?」

「いえ、あらためて実感したんです。やっぱり桐也さんは、何をしたってかっこよくなってしまうんだなって」

菫がそう言うと、桐也は「やっぱりからかってるじゃねえか」と、恥ずかしそうにそっぽを向く。

「ま、まぁそんなわけだから、店の売り上げには十分貢献することができた。虎桜も無事に認めてくれたよ。奴ははじめから、面白がっていただけかもしれんがな」

ヘルプ要員とはいえ、桐也だけではなく拓海やマサも引っ張りだこで、三人だけでかなりの売り上げを上げたようだ。

「あいつらのおかげもあって、核心的な情報を得られたよ」

いつもの表情に戻った桐也を見て、菫は背筋を伸ばす。

「それは、龍桜会とSLY FOXの繋《つな》がりが明らかになったということですか？」

「ああ、まだ証拠は不十分だがな。それで、おまえに頼みたいことがある」

「はい」

菫が頷《うなず》くと、桐也はジャケットの懐から一枚の封筒を取り出した。

「……それは？」

「山奥のリゾート地で開かれる、SLY FOX主催の仮面舞踏会の招待状だ」

「か、仮面舞踏会……」

その非日常的な単語を、菫は繰り返す。

「満を持しての社交界デビューというわけだ。そしてこれは、そのパーティーに潜入するためのチケット」

「！　そのパーティーに行けば、SLY FOXと繋がっている組織が一目でわかるということですね！」

「そういうことだ」と、桐也が頷く。虎桜がもたらしてくれた報酬は、桐也たちにとってかなり有益なものであったようだ。

「相手が相手だからな。潜入は俺と拓海、それから組員たちも数人連れて行くことにした。しかし、ひとつだけ問題があってな」

「問題、ですか？」

訊《き》き返すと、桐也は少しためらったあとで口を開いた。

「このパーティーは、男女のペアで参加をすることが条件となっているんだ。身分を隠して潜入するとはいえ、いざとなれば大きな危険が伴う。拓海に頼んで、その道のプロの女を用意してもらうことも、もちろん考えた。だが俺は――」

愛《いと》しいひとが何を言いたいか、菫にはすぐにわかった。

そして、何を迷っているのかも。

だからこそ、菫はためらうことなく、心に浮かんだ気持ちを口にする。

「――私が一緒に行きます！」

見開かれた桐也の目が、驚いたように揺れていた。

「菫……いいのか？」

「はい。私は、桐也さんにどこまでもついていくと誓いました。そこが危険な場所であるなら、なおさらです。ご迷惑かもしれませんが――」

そこまで言いかけたところで、菫の体は強い力で抱き締められた。

「っ……迷惑なはずがないだろう」

「桐也さん……！」

「俺がいる限り、おまえを危険な目には遭わせない。だから、菫――」

一度体を離した桐也は、まっすぐな目で菫を見つめた。

「俺と一緒に来てくれ。俺のパートナーは、この世でたったひとり……おまえだけだ」

その言葉に、菫は強く頷いた。

第四章　仮面舞踏会

SLY FOXが主催する仮面舞踏会が開かれるのは、この街から新幹線で一時間半ほどのところにあるリゾート地だ。

会場は、その山奥に建つ豪華なホテル。菫《すみれ》たちは下準備のため、前日から現地入りをし、拓海《たくみ》が手配をしてくれた宿に一泊することになった。

これから任務に赴くというのに、観光地で宿泊するのもはじめてなら、新幹線に乗るのもはじめての菫は、いけないとは思いながらも、少しだけわくわくしてしまう。

(だって、なんだか旅行みたい……)

窓の外の景色は、まるで飛ぶように流れていき、菫はつい、子どものように夢中になってしまった。

そして同じように窓辺にかじりついている人物は、もうひとりいて——。

「うわあ～！　兄貴！　すげえっすよ！　新幹線、すっげえ速いっす！」

後ろの三人席から、派手な柄シャツを着た金髪頭の舎弟、マサの声が聞こえた。

桐也《とうや》が任務に連れて行くと決めた舎弟は、運転手として常に行動を共にしているマサと、信頼できる片腕のシンとゴウ。菫はその場面を目撃したことはないが、彼らの喧嘩《けんか》の腕はかなりのものらしい。

「おい、マサ！　車内ではおとなしくしろ！　せっかく窓際の席を譲ってやったんだから、静かに楽しめ！」

「そうだぞ！　俺だって本当は窓際がよかったんだからな！」

そのあとに続いたシンとゴウの声を聞いて、菫は心配になって桐也に尋ねる。

「あ、あの、席を代わってあげたほうがいいでしょうか？　私はもう、十分景色を楽しみましたから……」

「放っておけ。おまえが気にしなくてもいい」

三人席の真ん中に座った桐也はそう言い放ち、慣れた様子で脚を組んだ。

「マサさんたち、なんだか楽しそうですね」

通路側の席に座る拓海がそう言って、菫は振り向いた。

「ええ、なんていったって新幹線ですもんね！」

同じく車窓の景色を楽しんでいた菫は、張り切ってそう答えてしまい、ハッとして赤くなる。その様子を見た拓海が、ふっと微笑《ほほえ》んだ。

「なんだか、ヤローばかりの大所帯になってしまいすみませんでした」

「？　え、えっと……」

何に対しての謝罪なのかがわからず言葉に詰まっていると、拓海は大真面目な顔をして言った。

「だってもし桐也さんとふたりきりなら、旅行気分が味わえたでしょう？」

その言葉を聞いて、桐也が「おい」と割って入る。

「今回は仕事だぞ。しかも重要な任務だ。そもそもそんな気分になるわけ――」

「兄貴！　トランプしませんか⁉　俺、ババ抜き超強いんすよ！　負けたほうがジュース驕《おご》りっす！」

桐也が言いかけた瞬間、後ろの席からマサがひょっこりと顔を出し、桐也は苦虫を嚙《か》み潰したような顔をした。

「おい！　遊びじゃねえんだぞ！　トランプなんて勝手にやってろ！」

厳しく叱られてしまったマサは、しゅんとなって席に座る。

「ったく……」

ため息をついて席に座り直す桐也を見て、菫はまさか自分もわくわくしていたとは言えず、冷や汗をかきながら体裁を取り繕う。

「こ、これは任務！　お仕事ですから！　みなさんがご一緒で心強いです」

しかし慌ててそう言った言葉に嘘《うそ》はない。

「むしろ、私が同行してもよかったのでしょうか？」

あのときは昂《たかぶ》る気持ちのまま、桐也についていくと強く宣言してしまった。しかし冷静になってみると、やはり自分がいては足手まといになるのではないかと思えて仕方がなく、菫はそのことをずっと心配していたのだ。

しかし拓海は目を細めて首を振った。

「戦力は多いに越したことはありませんから。それに、菫さんをひとり残していくのは心配だと桐也さんが」

「なっ……」

拓海に悪戯《いたずら》っぽい視線を向けられて、桐也がうろたえる。

「お、おまえ……それは言うなと言っただろ」

小さな声でそう言ったが、「そうでしたっけ」と、拓海はとぼけたように首を傾《かし》げた。

菫はそんなふたりのやりとりを見て小さく笑いながらも、愛しい夫の思いやりを感じて心を熱くする。

そしてつい、本音を口にしてしまった。

「私は、ほんとうに幸せ者です」

「な、何を急に」

「旅行気分というのなら、私の毎日はいつだってそうかもしれません。だって、桐也さんと一緒にいるだけで、こんなにも胸がドキドキして。まるで毎日旅行をしているみたいに楽しいんですから」

そう言って、菫はにこりと笑う。さっきの拓海からの問いかけに対する答えのつもりだったのだが、しかし彼は呆気《あっけ》にとられたように、ぽかんと口を開けていた。

さっきまで後ろの席ではしゃいでいたマサたちも、しんと静まり返っている。

「おまえ……」

そして桐也は真っ赤になって口をぱくぱくさせており、その姿を見てようやく、自分が皆の前で堂々と惚気《のろけ》ていたことに気がついた。

「わ、私ったら、つい……」

全身が沸騰したように熱くなる。

「ちっくしょう！　兄貴への愛を堂々と語りやがって！」

後部座席からすかさずマサの声が飛んできた。

「いや～姐《ねえ》さん、さすがっす！」

「ご馳走様《ちそうさま》でした！」

続いてシンとゴウが囃《はや》し立《た》て、いたたまれず、菫は両手で顔を覆う。

「す、すみません……桐也さん……」

「べ、別に謝ることじゃねえ」

お互いゆでだこのような顔をして、そんなことを話していると。

「……あの、僕、席移動したほうがいいです？」

拓海が苦笑いをしながらそう言って、菫はまた、平謝りをしたのだった。


そのあとは結局みんなでトランプをしたり、駅弁を食べたり、そうこうしているうちにあっという間に目的地へと到着した。

駅に降りると柔らかな風が吹いて、白いワンピースの裾がふわりと舞う。都会とは違う澄んだ空気に包まれて、菫は思わず深呼吸をした。

この街は高原の避暑地として人気の観光地であり、駅の周辺は土産物を売る店や飲食店が立ち並び、多くの人で賑《にぎ》わっている。

目立たないように観光客然としてふるまうよう拓海から言われていたのだが――その点は心配ないようだ。

マサをはじめ、普段は彼を嗜《たしな》める役であるシンやゴウまでもが大はしゃぎで、降り立つなり土産物の店へと走って行く様子は、どう見てもただの観光客である。

「おい、おまえら！　ったく……」

桐也が呆《あき》れたように、大きなため息をつく。

その様子を見て思わず笑みを漏らしたが、はじめて降り立つ観光地の雰囲気は新鮮で、菫もつい、きょろきょろと辺りを見渡してしまった。

（みんな、とっても楽しそう……）

これから目的地に赴くのであろう大荷物を持った家族連れや、旅行の余韻を楽しむように土産物の店を見ているカップル、わいわいとはしゃぐ学生と思《おぼ》しき集団を見て、そうか今は夏休みなのかと、そんなことを思う。

「宿まではタクシーを使いましょう」

拓海がそう言って、菫たちを乗り場まで案内した。

車に乗り込み三十分ほど走って到着したのは、緑豊かな森に佇《たたず》む木造りの老舗旅館だった。ここは犬飼一家《いぬかいいっか》が代々定宿にしている場所で、拓海もよく世話になっているために融通が効くのだという。

慣れた様子でチェックインを済ませた拓海が、ロビーで待つ菫たちの元に戻ってきて、それぞれの部屋の番号が書かれたアクリル板がぶらさがる鍵を渡した。

予約した部屋は、合計で三部屋。桐也と菫、そしてマサたち三人がそれぞれ同室で、残りが拓海である。

しかし菫は、拓海から桐也に渡された鍵を見ておやと思った。連携のため二階に横並びで部屋を取ったと聞いていたのだが、その鍵だけは数字が一階になっていたのである。

「これは……」

桐也もそれに気がついたようであったが、尋ねるまえに拓海が言った。

「申し訳ありません。予約に手違いがありまして、桐也さんたちの部屋のみ変更になりました」

「変更？」

「ええ、お詫《わ》びに少しだけいい部屋を用意してくださったそうです」

「なんだか悪かったな」

「いえ、ごゆっくり」

拓海がにこりと笑う。その笑顔が、どこか意味ありげなものであることが気になったが、ともかく部屋へと向かった。

美しい日本庭園を眺めながら外廊下を抜けると、一般客室のある本館とは別に建物があり、そこに菫たちの部屋があった。

ドアを開けた桐也に続いて菫も履物を脱ぐ。荷物を置いて靴を揃《そろ》えていると、部屋へと続く障子の引き戸を開けた桐也が、呆気にとられたような声で呟《つぶや》いた。

「なんだこれは……」

「どうかしたのですか？」

いったい何があったのかと、入り口で立ち止まったきり固まっている彼の背後から、菫も部屋の中を覗《のぞ》き込む。

「えっ……？」

そして菫も、桐也と同じように固まってしまった。

「こ、ここは……どなたかお金持ちの方のお屋敷《やしき》でしょうか？」

恐る恐る足を踏み入れながら、つい間抜けな質問をしてしまったのは、その部屋の内装が想像する一般的な旅館のイメージとは異なっていたからだ。

和風の部屋は見渡すほど広く、立派な床の間には掛け軸と生け花が飾られている。置いてある家具はひとめ見てわかるほど上質なもので、壁一面のガラス窓の向こうには、専用の中庭が広がっていた。

そして何よりも目を引いたのは、その中庭にある檜《ひのき》の露天風呂である。

「あ、あれは……私たち専用のお風呂でしょうか？」

菫が訊《き》くと、桐也も驚きながら「そのようだな」と頷《うなず》いた。

部屋は和洋室になっているようで、開け放された障子の向こうには、応接室のような部屋と、ベッドが置かれた寝室があった。

「これは……いわゆるスイートルームだな」

桐也が困惑したように、ぼそりと言う。「スイートルーム？」と、菫は聞き慣れない言葉を聞き返した。

「いわば、その宿にある最上位クラスの部屋のことだ」

「最上位クラス……！　そ、それでは、とてもお高いのではないですか？」

「高いなんてもんじゃねえよ。拓海のやつ、いったいなんのつもりで――」

菫はハッとする。

「そういえば、さっきの別れ際に拓海さんがこっそり私におっしゃいました。『少しだけでも、ふたりきりの旅行気分を楽しんでください』と……」

「あいつ、余計な気を回しやがって……」

桐也は小さく舌打ちをして、どうしたものかというように頭を掻《か》いた。

「今からでも、部屋を戻してもらうようにお願いしましょうか？」

「そうだな……」

しかし桐也はしばらく考えたあと、首を振った。

「いや、それはかえって迷惑になるだろう。犬飼一家が代々世話になっている旅館だと聞いているからな。値段を訊いて、あとでこっそり届けさせればいい」

確かに、桐也の言うとおりスイートルームがそんなにも高額な部屋であるならば、そこに宿泊する客があることは、宿にとっては喜ばしいことだろう。

「それがいいですね。ではお言葉に甘えて――」

今夜は桐也とふたりきりで、この部屋に泊まるのだと思った菫は、そのことを想像して、赤くなってしまった。

(こ、この素敵なお部屋に……ふ、ふたりきり……?)

自分たちはすでに夫婦であるのだし、自宅ではベッドで体を寄せ合って寝ている。

そのことを思えば、別に恥ずかしがるようなことではないのだが、この非日常的な空間で夜を過ごすと思ったら、なんだか頭がふわふわとしてきてしまった。

ただでさえここ数日、桐也と豪華なディナーをしたり、甘い言葉を掛けられたり、王子様のようなスーツ姿に見惚《みと》れたりと、夢のような出来事が続いていた。

そこにきて、この和モダンなスイートルームである。

これは任務であり、桐也とふたりきりの旅行などではないというのに、菫の胸はドキドキと大きく鳴り出してしまった。

「菫？　どうかしたのか？」

「い、いえ！　なんでもありません！」

ひとりで勝手にあたふたしていた菫は、名前を呼ばれて飛び上がりそうになる。気を付けの姿勢で硬直していると、桐也がふいに菫の頬に触れた。

「ひゃっ」

「顔が赤いぞ？　疲れたか？」

「そ、そうかもしれません！」

「それじゃあベッドで休むといい」

桐也が視線を向けたほうにある寝室をあらためて見ると、そこには見るからにふかふかの柔らかそうなベッドが並んでいる。

「…………」

「どうした？　慣れない場所で落ち着かないようなら、俺が添い寝をしてやる」

それは、いつもどおりにやさしい桐也の気遣いだろう。しかし、そんなことを耳元で囁《ささや》かれた菫の顔は、いよいよ真っ赤になってしまう。

「だっ、大丈夫です！　本当に！」

「そうか。何か不便があったら言うんだぞ。夕飯は部屋で取れるよう拓海が手配してくれた。せめてそのくらいは、ふたりでゆっくり食べよう」

「は、はい！」

話が逸《そ》れたことでほっとした菫は頷き、気持ちを切り替えようとする。

しかしこれもまた、拓海の計らいなのだろう。夕食の時間になるやいなや、豪華な食事が次々と運び込まれ、目を丸くしてしまった。

「ったく、あいつは……」

桐也が頭を抱える。

どうやら今日の菫に、心を落ち着ける時間は訪れないようだ。

＊＊＊

深夜になり、安らかな菫の寝息を確認した桐也は、拓海の部屋を訪れた。

「遅くにお呼び立てをして申し訳ありません」

「いや、俺のほうも明日の打ち合わせをしておきたかった」

桐也はそう言いながら、布団の敷かれた純和風の部屋を進み、窓際にある小さなテーブルの置かれたスペースの椅子に腰掛ける。

備え付けの冷蔵庫を開けた拓海が、「何か飲みますか？」と訊いた。

桐也は少し迷って、ミネラルウォーターを頼む。拓海の手配した夕食は豪勢な懐石料理で、それでいながら洋風のデザートにコーヒーまでついていた。おかげで腹は十分に満たされており、さっぱりしたものが飲みたかった。

「……おまえ、あれはやりすぎだぞ」

渡されたペットボトルの蓋を開けながら、桐也は呆れたように言った。

「束《つか》の間《ま》の旅行気分は楽しんでいただけましたか？」

同じ種類のミネラルウォーターを手にして、対面に座った拓海は、にこりと笑って首を傾《かし》げる。

「だから、旅行じゃねえっての」

そう言って水をひとくち飲んだが、内心では彼の気遣いに感謝をしていた。

若頭として常に敵の矢面に立たねばならない自分は、明日どうなるかわからない身だ。

無論、これからも獅月組《しづきぐみ》を護《まも》っていくためには、簡単に倒れることなどあってはならない。しかしどんなときも、万が一の可能性は考えておかなければならなかった。

拓海がそこまでを考えていたのかはわからないが、束の間とはいえ菫を少しでも楽しい気持ちにさせてやれたのなら、それはとてもよかったと思う。

「それで、話したいこととはなんだ？」

ペットボトルをテーブルに置いて尋ねると、拓海は「まずはこちらを見てください」と、タブレット端末を取り出して見せた。画面に映っていたのは、書類らしきもののデータであった。中身を読むまえに、拓海が言った。

「これは、明日のパーティーで使用する運営用のレジュメです。当日のスケジュールやオペレーションはもちろん、スタッフの配置なども書かれています」

「!? こんなものを、どうやって手に入れたんだ？」

「会場となるホテルのシステムに、ちょっと」

にこりと笑って、拓海が答える。

「そ、そんなこともできるのか……」

感心する桐也を置いて、そんなことはなんでもないといったように拓海は話を続けた。

「あれだけの大きなパーティーでしたら、ホテルとの打ち合わせ記録があるはずですからね。宿泊者の予約データも手に入れましたから、これから身柄を洗います。ほとんどが一般客なので時間は掛かってしまいますが……パーティーが盛り上がるころまでにはなんとか」

「悪いな。助かる」

桐也は膝に手をついて、深く頭を下げた。

「いえ、システム面のバックアップはお任せください。それにしても驚きました。連中は随分と派手な宴《うたげ》を催すようです」

「しかし奴らにそんな財力があるのか？」

「わかりません。もしかすると、背後に我々の思い至らないような巨大組織が絡んでいる可能性もあります。いずれにせよ、油断はできません」

拓海はそう言って、タブレットの画面をスライドさせた。

「会は表向き、情報商材を扱う会社の顧客向けパーティーということになっているようですね。胡散臭《うさんくさ》い会社ですが、ペーパーカンパニーではないようです」

「招待客が、その胡散臭いビジネスの顧客というのも表向きか？」

「そこが今回の肝ですが……なんせ仮面舞踏会ですからね。ただのパーティーでないことは確かです」

「何か裏の目的があるのかもしれないな」

「ええ、おそらく」

拓海は静かに頷いた。

「招待券となるチケットの裏面に、番号が書かれていますよね？」

「ああ、これか？」

桐也は内ポケットからチケットを取り出すと、裏面を確認する。真っ黒な券面には、白い文字で書かれた注意書きと共に三桁の番号があった。

「受付スタッフのオペレーションを見る限り、その番号で招待客を管理しているようです。どうやら、顧客に仮面をつけさせなければならないほど危険なパーティーのようですからね。つまりその番号こそが信頼の証《あかし》ですから、チケットを持っている桐也さんと菫さんは正面から堂々と入ることができます」

「わかった、潜入は俺たちに任せてくれ」

「お願いします。逃走用の車を用意しましたので、我々はそこで待機を。何かことが起これば、そのどさくさに紛れてホテルに潜入します。それから、こちらをどうぞ」

拓海が懐から取り出したのは、ケースに入った女性用のイヤリングだった。

「これは？」

「イヤホンマイクを仕込んであります。当日の動きは、僕がこちらに指示を出します」

「すげえな……」

桐也はケースからイヤリングを手に取り、まじまじと見つめる。紫色のジュエリーで飾られたそれは、どこから見てもアクセサリーにしか見えなかった。

「見事でしょう？　これなら周囲に怪しまれることもありません。心苦しいのは、見てのとおりこれが女性物ということです」

「つまり、これを着けるのは菫というわけか」

「はい。ですから、桐也さんは常に菫さんと行動を共にしていただくことになります」

「問題ない。もとよりそのつもりだった」

桐也は迷わず頷《うなず》く。

「それを聞いて安心しました。ああ、そうだ。高性能のマイクですから、菫さんの耳元で話していただければ、桐也さんの声を拾うことも可能ですよ。ただし思いきり近くで囁いてくださいね」

拓海がそう言って、悪戯《いたずら》っぽく片目を瞑《つぶ》る。

「──まさかそれもおまえの気遣いじゃねえだろうな」

桐也が思わずじろりと睨《にら》みつけると、拓海は「ご冗談を」と笑った。

「さて最後の確認ですが──」

しかし今度は打って変わって、真剣な眼差《まなざ》しをこちらに向ける。

「武器は本当に必要ありませんか？」

その重々しい言葉を受けて、桐也はしばらく黙り込んだ。

当日のために何かしらの武器を用意するべきではないかと、拓海は以前から桐也に相談をしていたのだ。

たしかに、SLY FOX は何をしでかすかわからない連中で、過去には武器を使った事実もある。

しかし桐也は、とある考えのもと、拓海の提案を断っていた。

本当にそれが正しいのか、答えは今も出ていない。いや、答えなど、すべてが終わってからでなければ、決してわかることはないのだろう。

「――大丈夫だ」

桐也は自分の迷いを振り切るように、言い切った。

「わかりました」

「そのほかの準備に関しては、おまえにすべて任せてしまっていたが、問題なかったか？」

ここで言う準備とは、仮面舞踏会に赴くための支度のことだ。端的に言ってしまえば、桐也と菫のパーティー衣装である。

ホテルで行われるパーティーには、それなりのドレスコードがある。まして今回は、豪華なホテルに裏の権力者や要人たちが大量に招かれるという、滅多にないものだ。

しかしそういう方面にめっぽう弱い桐也は、予算だけを渡して、その準備をすべて拓海に任せていたのだ。

「もちろん、ばっちりですよ。とっておきの衣装を用意しておきました」

「恩に着る。おまえの見立てなら、信頼できるからな」

「この世界は派手好きが多いですからね。生半可な格好《かっこう》では、かえって怪しまれてしまいます。せっかくの機会ですから、思いきりやらせてもらいましたよ」

「思いきり……」

少しだけ嫌な予感がしたが、その予感は残念ながら当たってしまうのであった。

＊＊＊

拓海の用意したやけに長さのある車に乗って、菫は桐也と共に仮面舞踏会が開かれるホテルへとやって来た。

会場となるホテルは、山に囲まれたこのリゾート地の、さらに奥深いところに建っている高級ホテルで、好景気の絶頂期に建てられたものだ。

観光の中心地からは少し離れた山奥に突如としてそびえ立つ洋風の建物は、まるで童話に出てくるお城のような見た目をしている。

ホテルの入り口前にある、やけに長いこの車でも十分に余裕を持って入ることができるほど広いロータリーに乗り付けると、まるで待ち構えていたかのようにホテルの従業員がやって来た。

言われたとおり、白い手袋をした運転手が車のドアを開けるのを待って、菫はおっかなびっくり、まるでガラスの靴のようにきらめくハイヒールを覗《のぞ》かせる。すると反対のドアから颯爽《さっそう》と降りた桐也が、すかさず手を差し出した。

「お手をどうぞ、姫」

「あ、ありがとうございます」

そう言って思わず頭を下げると、耳元でザッと音がして、『菫さん、そこはもっと軽い口調で』と、拓海の指示が飛んできた。

そうだった――と、菫は努めて軽い口調で礼を言い直す。

「ありがとう」

「いえ、お気をつけて」

桐也の目がやさしく細められたのが仮面越しでもわかり、菫は赤くなった。

（い、いけない）

愛《いと》しい夫の笑顔の魅力に思わずよろめきそうになった菫は、細いヒールを履いた脚をぐっと踏ん張り、気持ちを引き締める。そうでなくても、仮面をつけているせいで視界が狭くなっており、注意が必要だった。

今日の菫は、薄い紫色をしたシフォンのロングドレスを着ている。足元はガラスの靴のように繊細なクリスタルのピンヒール。

髪型は舞踏会にふさわしく華やかな夜会巻きで、ドレスと同じ色の紫の薔薇《ばら》で飾られている。ヘアメイクをしてくれたのは拓海だ。変装で女性に扮《ふん》することもあるらしく、こういうのは得意なのだという。

高原の風は夕方になると涼しいくらいで、その風が背中を撫《な》でてハッとした。

肩こそ隠れているが、その背中は菫にしては少し大胆に開いていて、意識するとやはり、恥ずかしくなってしまった。

しかし頬を赤らめた理由は、それだけではない。

（きょ、今日の桐也さん、今までで一番の王子様です……！）

涼しい顔をして桐也の手を取る菫だが、しかし心の中にいるもうひとりの菫は、両手で口元を覆いながら顔を真っ赤にして、悶《もだ》え転がっている。

今までで一番——というのもおかしな表現であるが、ここ最近、王子様然とした桐也の姿を何度か目の当たりにしたこともあって、そんなことを思ってしまった。

横目でちらりと見た桐也は、今日はパーティーにふさわしくタキシードを着ている。

光沢のある黒地に紫のストライプが入っていて、華やかな印象だ。アスコットタイとポケットチーフは、菫のドレスとお揃《そろ》いの薄紫色。

髪型も、菫が知らないうちに拓海がセットをしたのだろうか、いつもと雰囲気が違っていて、やわらかな印象を受ける。

やはりこの姿は——どう見ても王子様だ。

「さぁ、行きましょう姫」

お城さながらのロケーションを前に、王子様の桐也からそんなことを言われた菫は、一気に顔を赤くする。

(ひ、姫って……やっぱりこの呼び方、心臓に悪いよ……)

ドキドキと大きく鳴る胸の音が、繋《つな》がった手から桐也に届いてしまうのではないかと思い、菫はひやひやした。

桐也がどうして菫のことを「姫」と呼んでいるのかというと、その理由は単純で、虎《こ》桜《ざくら》に招待券を渡したのが、界隈《かいわい》で「姫」と呼ばれている有名な女社長であったからだ。

繁華街で数多《あまた》のキャバクラを経営する敏腕社長で、もともとは自身も絶大な人気を誇る嬢だったこともあり、その名残でそう呼ばれているらしい。

仮面で顔を隠しているとはいえ、最低限その人物に成り切ったほうが安全だという拓海の見立てもあって、今日の菫はその「姫」と呼ばれる女社長、そして桐也は「姫」のお気に入りの恋人という設定で、この会場にやって来たというわけだ。

その話を拓海から聞いたとき、桐也は露骨に顔をしかめていたが、なんでも「姫」には「プリンス」と呼んでいる顔立ちの整った複数の恋人がいるらしい。だから公の場でそう呼び合うことは、ごく自然なことなのだと説き伏せられ、渋々頷いていた。

しかしそんな桐也が、いざとなればしっかりと役に成り切っていて。自分もしっかりしなければと、菫は気合いを入れ直す。

今の菫は、男たちにかしずかれることに慣れた女社長であるのだから、こんなことで動揺をしてしまうわけにはいかなかった。

とはいえ、赤くなった顔まではすぐにどうにかできるわけもなく――。

(仮面があって、よかった……)

と、そんなことを思うのだった。

会場となるホテルは、外観だけではなく内装までお城のようだった。

重厚感のあるロビーは見渡すほど広く、おそらく大理石でできていると思われる立派な柱が、何本もそびえ立っている。

天井には大きなシャンデリア、ロビーの中央には豪華な装花があり、その向こうにある赤い絨毯《じゅうたん》の敷かれた大階段が目を引く。

その大階段を、桐也に手を取られながら一歩一歩ゆっくりと上り、パーティー会場となるバンケットルームに足を踏み入れた菫は、またも目を見張った。

(なんて、豪華なの……)

いくつものシャンデリアがぶら下がっている広い会場には、光沢のある真っ白なテーブルクロスが掛けられた円卓がいくつも並んでいる。会場はビュッフェスタイルになっていて、部屋をぐるりと囲むようにして豪華な食事が用意されていた。

仮面をつけた参加者は、誰もが華やかな衣装に身を包んでおり、グラスや食事の皿を片手に歓談している。

その中には、まるでウェディングドレスさながらの衣装を着ている者や、どこかの貴族や騎士に成り切っている者までいて、その非日常的な様子は、まさしくおとぎ話に出てくる舞踏会であった。

「まるでハロウィンだな……」

　と、桐也が呟《つぶや》く。

　拓海がふたりに用意してくれた衣装は華やかで素敵ではあるものの、会場で目立ってしまうのではないかと心配していたが、それはまったくの杞憂《きゆう》であった。

「この衣装にリムジンまで用意して、さすがにやりすぎだと思ったが、それくらいしてちょうどいいってわけか」

　桐也も同じことを思っていたようで、菫は頷《うなず》く。拓海の用意周到さは、やはりさすがであった。

「それにしても、派手にやりやがる」

「ええ、すごいパーティーですね」

「宴《うたげ》もそうだが、来ている客もかなりのもんだ」

　顔を上げると、桐也が腰にそっと手を添えて、菫を誰もいないテーブルのほうへと連れていった。桐也の顔が、菫の耳元に近づけられる。

「あそこにいる男――」

　視線の方向を見ると、そこにはハットを斜めにかぶった黒いスーツの男がいた。

真っ赤なドレスのスリットから網タイツの脚を出した派手な美女と並んで、ワインを傾けている。

「渋いおじ様ですね。ちょっと悪そうな着こなしが、よくお似合いです」

「ちょっとどころか、あれはマジもんのヤクザだ」

「えっ」

「あのピンバッジの代紋は、西の巨大組織……おそらくその傘下にある団体の幹部だろう。素性を隠していないところを見ると、奴らからの正式なお招きというわけだ」

桐也がそう言うと、今度は菫のイヤリングから拓海の声がする。

『奴らごときが西と繋がれるはずはないんですがね……ルートを調べてみます。桐也さんは、引き続き会場内の調査をお願いします』

「──わかった」

桐也は拓海の声を聞き終わると、菫から顔を離した。

「やはりこの会場にいるのは、一般の方々だけではないのですね……」

「ああ、ざっと見渡しただけでも、裏の大物たちがうようよいやがる。これで──」

その先を桐也は口にしなかったが、何を言おうとしたのか、菫にはわかった。

(美桜《みおう》さんがこの場にいる可能性も高くなったということ──)

招待客に同業者の姿があったことは、よくない兆しだった。

SLY FOX の目的は、この国の裏社会を統べることであり、その第一歩として獅月組がシマを持つ街を手に入れようとしている。しかしそのためにはまだ力が足りず、自分たちの考えに賛同する極道組織を募っているのではないかというのが、現状の推測だ。

そこで声を掛けられたのが、獅月組――桐也だった。しかし彼がそれを断固として拒否した以上、次のターゲットとなるのはこの街の二大勢力である龍桜会《りゅうおうかい》であることが妥当だろう。まして美桜は、その以前から彼らと接触をしていた――。

菫は頭のなかで、現状を整理した。桐也の言うように、この場に裏社会の人物たちが招待されているのなら、SLY FOX は節操なくほうぼうに声を掛けているということになる。

誰が獅月組の敵となるかわからないこの状況に、菫は背筋が冷たくなった。そしてあらためて、姐御《あねご》としての決意を胸に誓う。

(私たちの街で、抗争を起こすわけにはいかない……)

そのためにはなんとしても、この場で SLY FOX の企《たくら》みを阻止しなければならなかった。

パーティーを楽しむ素振りをしながら、しばらく会場内を見て回っていると、イヤリングから拓海の声が聞こえた。

『菫さん！　奴らの仲間の居場所がわかりました！』

菫は息を呑《の》み、桐也の袖を引っ張って合図をする。桐也がこちらを向いて、菫の姿を目立たなくするように覆い隠した。

『北棟の五階のみ、すべての宿泊者が架空の人物でした。おそらくそこに関係者の部屋があります。あの三人がそこにいるかは不明ですが、調べてみる価値はありそうです』

「わかりました」

『僕とマサさんは引き続きここで待機をします。シンさんとゴウさんは、潜入の準備が整いましたので、援軍としてそちらに向かってもらいます。連絡はまた』

「はい」

指示を聞き終わった菫が内容を素早く伝えると、桐也が頷き、目で合図を送った。

「ねえ、プリンス。私、外の空気が吸いたいわ」

「仰せのとおりに、姫」

桐也が微笑《ほほえ》み、菫は差し出された腕を取る。

そして役に成り切ったふたりは、堂々と会場の外に出た。

パーティー会場を出た菫と桐也は、北棟の五階へと向かった。

あの場では違和感のない華やかなドレスも、客室フロアへ一歩足を踏み入れれば、奇抜で人の目を引く存在となる。一般客を巻き込まないためにも、ことは迅速に進めなければならなかった。

イヤリングがザッと鳴って、菫たちは曲がり角で足を止めた。

『五階の宿泊者は主催者が用意した臨時スタッフということになっています。しかし実際は見張りや用心棒の役割でしょう。つまり五階の客室周辺をうろついているのは、SLY FOX側の人間ということです。このパーティーの真の目的を知るためには、彼らに直接話を聞いたほうが早いでしょう』

「わかりました」

菫は拓海の指示を桐也に伝える。

「ああ、体格の良すぎるボーイが何人かいやがった。しかしあそこで騒ぎを起こすわけにはいかねえからな。拓海の言うとおり、奴らと接触するのはこの階に限ったほうがいいだろう」

「あの、話を聞くとはどうやって……」

菫は恐る恐る、気になっていることを聞いた。

桐也は少しためらいの表情を見せたが、この期に及んで隠していても仕方がないというように、口を開いた。

「――おそらく、力を使うことになる」

「はい」

菫とて、いまさら驚いたりはしない。

「すまない、菫。怖い思いをさせるかもしれないが、おまえのことは俺が必ず護《まも》る」

「大丈夫です。それに、怖くはありません」

頷くと、桐也が驚いたように目を開いた。

拓海に頭を下げて、菫が今日までしてきたある努力は、きっとこの日のためのものだ。

それからもうひとつ、心に秘めた決意――。

(桐也さんなら、きっとわかってくれる)

菫は自分の手の平を見つめて、ぎゅっと握る。頼りなくか細かった腕は、以前より少しだけたくましくなっているような気がした。

「ひとまず様子を探る。行くぞ」

「はい」

菫は頷くと、桐也のあとを追いかけた。長い廊下は絨毯が敷かれているので、足音が鳴ることはない。しかしシンと静まり返った空間は不気味に映り、慎重に足を進める。

「人気がないな。皆、出払っているようだ。部屋を探れば話は早いんだが……いっそドアを蹴破るか」

「と、桐也さん！　それはダメです！」

「冗談だよ」

そんなやりとりをしていると、背後でガチャリとドアの開く音がした。

「っ……」

桐也が息を呑み、客室の扉から人影が見えるよりも早く、菫を背後に隠す。

部屋から出てきたのは、黒いパンツにぴったりとした白いシャツを着た背の高い男だった。がっしりした腕には、鮮やかな入れ墨が躍っている。

「あーやべ。寝過ぎたわ」

と言って頭を掻《か》いた男は、ドアを閉めるのと同時に菫たちの姿に気づいた。

「――おい、おまえらパーティーの客だな。何故《なぜ》ここにいる？」

ドスの利いた声に、背筋が冷える。

しかし桐也は動じることなく、善良なパーティーの客を装った。

「ホテル内を探索していた。そしたら迷ってしまってな」

「嘘《うそ》つけ。これ見てビビらねえ素人がいるかよ。それにその体、目つき、只者《ただもの》じゃねえ」

「……見る目だけはあるようだな」

「誰だか知らねえが、怪しい奴はとりあえず殺《や》っちまっていいってボスからは言われてんだ。報酬もたっぷりくれるってな。俺はラッキーだぜ！」

言うや否や、男は拳を振り上げた。

「菫！　逃げろ！」

振り返らず、桐也が言った。

拳を構える桐也の背中が「俺を信じろ」と語っていた。一対一の戦いであれば、この世界で最強と言われる我が夫が負けることはない。それに、この場に菫がとどまれば、桐也は存分に戦うことができないだろう。迷う間はなかった。

「拓海さん！」

イヤホンマイクで現状を伝えながら、菫は走る。

『わかりました。シンさんとゴウさんに連絡を。僕らもすぐに現場に向かいます』

「お願いします！」

長い廊下を走り抜けると非常階段を見つけ、そのドアに手をかけた。そのときだ。

「そんなに慌ててどうしたの？　お姉ちゃん」

びくりと肩が上がる。振り返ると、坊主頭に剃《そ》り込みの入った鋭い目つきの男が、ニヤニヤと笑いながら立っていた。

「エレベーターはあっちだぜ？　その靴じゃ階段はつれーだろ。それとも何？　わざわざそっちに行かなきゃならねー理由とかあったりする？」

「っ……」

男に肩を掴《つか》まれて、菫は声にならない悲鳴を上げた。ものすごい力だ。

（どうしよう……）

力では当然勝てるわけはなく、この手を振り払って逃げることなど不可能だ。さっきの男が、ほかに仲間を呼んだ可能性もある。

あまりの恐怖に身がすくみそうになったが、しかし同じようにたったひとりで戦っている桐也のことを思って、菫は首を振った。

（こんなところで負けてなんかいられない）

顔を上げて、まっすぐに男を見つめる。

「――どうかしら」

菫の眼差《まなざ》しに気圧《けお》されたのか、男は思わず手を放した。

「それよりあなた、こちらの関係者？」

菫は首を傾《かし》げて、口角を上げる。

「だ、だったら何だってんだ？」

「私、ここのボスに会いたいの」

「あ?」

男の表情が変わる。そして少し何かを思案したあと、元のニヤついた顔に戻って言った。

「だったら取引きの時間まで待つこったな。それに、あんたと顔を合わせるかどうかを決めるのはボスだ」

(取引き……やはりこのパーティーには、何か他の目的があるんだ……)

菫は小さく息を吸う、かまをかけてみようと、そう思った。

「あなた、ボスの居場所を知ってるんでしょ?」

思いがけない質問に、男は目を見開く。

「どうしてそう思う?」

「だって、見るからに迫力があるもの。私がボスなら、あなたを幹部にするわ」

男は「ふーん」と言って、坊主頭を掻いた。

「大事な取引きは直接したいの。でも私、時間がなくって。だから、ボスの居場所を教えてくれないかしら?」

菫は小首を傾げて、男を見上げる。もちろん、こんなことで男が情報を喋《しゃべ》るとは思っていない。しかし、拓海たちが到着するまでの時間稼ぎにはなる。それにもし、男をおだてることで口を滑らせてくれるなら儲《もう》けものだ。

「ねっ？　お願いよ！」

菫は切実な表情を作って手を合わせたが、しかし現実は甘くなかった。

「しょうがねえなぁ。それじゃあ、姉ちゃんが特別なサービスしてくれるってんなら、考えてやってもいいぜ？」

「え？」

下卑た笑いを浮かべた男は、そう言うが早いか、菫の肩を引き寄せる。

「な、なにするの」

「あ？　んな情報がタダでどうにかなるわけねえだろ！」

「い、いやっ」

菫は目を閉じて小さく叫んだ。すると同時に、男の絶叫が響く。

「ぐわあああっ」

その声に驚いて目を見開くと、菫の肩を掴んでいた男の手がひねり上げられていた。

そして男の背後に立っているのは――。

「桐也さん！」

「汚《きた》ねえ手で菫に触んじゃねえッ」

桐也は低い声でそう言うと、そのまま男の両腕を背中に抱え込み、関節を固定して動けないようにしてしまう。

「す、すすすみませんっ」

「ついでに訊《き》くが、このパーティーの真の目的はなんだ？　さっきの男はただの用心棒で、実態を知らなかった。おまえはどうだ？　知っているなら話せ」

「し、知らない……お、俺は何も……」

「そ、その方はここで何か取引きがあるとおっしゃっていました！」

菫がすかさず言うと、桐也の目が鋭く吊《つ》り上《あ》がった。

「嘘ついてんじゃねえよ！」

「ぎゃあああああっ」

再び男の悲痛な声が響く。桐也が男の両腕を抱える手に、少し力を込めたらしい。

「わ、わかった……なんでも話す……話すから……その手を放してくれ！　頼む……」

「すべてを話せば折りはしねえ」

「こ、このパーティーの目的は……SLY FOX の……」

か細い声で男が答える。

「なんだって……」

その言葉を最後まで聞き取った桐也は言葉を失い、菫も息を呑《の》んだ。

どういうやり方なのかはわからないが、そのあと桐也は坊主頭の男を失神させ、菫たちはその場を去った。

非常階段を下りている途中で拓海から連絡があり、客室フロアへと移動する。

その階のエレベーターホールは、ロビーのように広い場所になっていて、そこで拓海たちと合流した。

「このパーティーの真の目的がわかった」

拓海の顔を見るなり、話を急ぐように桐也が口を開く。

「ひとつめの目的は、情報の取引きだ」

「情報ですか？」

「ああ、しかも奴らが売っているのは裏の情報だ。今までの詐欺行為で手に入れたものだろう。個人の資産や不動産の情報を、この会を利用して派手に売りさばくようだ」

「とんだ情報商材ですね。ここまで悪質だとは……」

拓海は顔をしかめた。

「しかしもっと悪質なもんがある。それは兵力の売買だ」

「どういうことです？」

拓海が身を乗り出すが、桐也はその先を話すことをためらった。同じ場でSLY FOXの目的を聞いていた菫も、同じく表情を暗くする。

「奴らのシノギのひとつであるネットを通じての闇仕事……雷斗《らいと》たちは、そこで集まった金に困っている若者――つまり、金さえ払えばなんでもする若者の個人情報に、高値をつけて売っているとのことだ」

「そ、それでは、人を売るのと同じではないですか！　しかも堅気の――」

拓海の言葉は震えていた。

「あいつらに仲間意識なんてもんはねえ。己のシノギに協力をした若い奴らも、しょせんは使い捨てだ」

利益のために人を切り捨てるという刹那的なその考えは、組のために働く子分たちをまるで家族のように大切にする獅月組とは相反するものだ。

うつむいた菫の耳に、桐也の舌打ちが聞こえた。

「――それで、もうひとつの目的とはなんですか？」

「これは俺たちの想像どおりだ。この国の裏社会を統べるため、SLY FOXの思想に賛同する者を集めているらしい」

「情報の売買は、そのための餌というわけですね」

桐也は厳しい表情のまま、「おそらく」と頷《うなず》く。

「取引きはパーティー会場ではなく別室で行われる。それがいわば面接のようなもので、選ばれた人物だけが狐塚《こづか》雷斗に会うことを許されるという仕組みだ」

「選ばれた人物……まぁ、端的に言って彼らの認める資金力と野心のある者のことでしょうね」

拓海は顎に手を当てて頷いた。マサも固唾を呑んで話を聞いている。

桐也が顔を上げて、それぞれの顔を見渡した。

「叩《たた》くなら、その取引きが行われる前だと俺は考えている」

同じことを考えていたというように、拓海が「ええ」と頷いた。

「なんとしても奴らを、その企《たくら》みごと潰さなければなりません」

「よろしく頼む」

桐也がそう言うと、さっきまで深刻な表情をしていたマサも「任せてくださいっす!」と、大きくガッツポーズをして見せた。

(私もしっかりしないと!)

菫も深呼吸をして背筋を伸ばすと、再び自分の手の平を見つめた。

おそらく桐也たちは、このまま狐塚雷斗のいる場所に乗り込んでいくのだろう。現場に踏み込めば、すぐに戦いが始まるに違いない。そこに行くまでにも、危険が待ち構えているはずだ。

「狐塚雷斗のいる部屋は『飛翔《ひしょう》の間』だ。そこに辿《たど》り着《つ》くまでは衛兵がうろついているだろう。手分けをして――」

桐也がそこまでを言いかけた、そのときだった。

ガン！ と大きな音がして、菫は飛び上がるように顔を上げる。それは、すぐそばにある非常階段の鉄扉が開いた音だった。

「いたぞ！ あの男だ！」

坊主頭の男がこちらを指して叫ぶ。

「チッ、もう目覚めたか」

桐也が構えの姿勢を取る。屈強な男たちがなだれ込むようにホールへとやって来て、菫たちを取り囲んだ。

「しっかり気絶させたつもりだったんだがな。テメーらのボスは、なかなかいい傭兵《ようへい》を揃《そろ》えていやがる。まぁ――忠誠心には欠けるけどな」

男は「ぐっ」と押し黙ったあと、声を張り上げた。

「そ、そんなもんはおまえらごと消しちまえば問題ねえ！　行くぞ、てめえら！」

そして仲間たちを煽《あお》ると、飛び込むように拳を振り上げた。桐也が素早い動きで菫を背に追いやる。そして男の手首を握り、あっさりとその拳を止めてしまった。

「桐也さん……！」

名前を呼ぶと、余裕の表情をした彼が振り返る。

「大丈夫だ。このくらいの人数なら問題ねえ」

しかし今度は、反対側の廊下から複数の足音が聞こえ、桐也の肩が上がった。

「まずいです、ここで挟み撃ちをされたら逃げ場がありません」

菫を護《まも》るようにして敵の攻撃を防ぎながら、桐也と拓海が話しているのが聞こえる。

前に出てひとり戦っているマサが、声を張り上げた。

「ここは俺が片付けます！　だから兄貴たちは、こいつらを突破してここから逃げてください！」

「マサさんひとりでは無茶です！　僕も残りますから、桐也さんたちは早くッ」

拓海もそう言って、マサを囲んでいる敵の渦のなかに飛び込んだ。

しかし桐也はその場を動かない。その理由は、菫にもわかった。聞こえてくる足音と怒号から、やって来る敵はかなりの人数だと予想ができる。いくらマサや拓海が喧嘩《けんか》に慣れているといっても、たったふたりでは太刀打ちできるわけがなかった。

(桐也さんは、絶対にマサさんと拓海さんを見捨てたりしない)

だって、組のみんなは家族だから。

そしてそれこそが、菫の惚《ほ》れ込んだ桐也の姿なのだ。

彼が答えを迷うのは、菫のせいだ。この狭い空間で、菫を護りながら存分に戦うことは、おそらく難しい。しかしこの状況で、菫ひとりを逃がすことも無理だ。

(どうすればいいの……!)

背中に冷たい汗がつたった、そのときだ。

チン――と高い音が鳴り、エレベーターがこの階に止まることを告げた。

菫はハッとして、思わず身をすくめる。このタイミングでやって来るなんて、もしかしたら加勢の仲間かもしれない。

これ以上、戦う敵が増えたら終わりだ……。

そう思って、思わず目を閉じる。しかし菫の耳に届いたのは、聞き慣れた調子はずれの太い声だった。

「どうも～っす！　ブラック清掃業者のシン&ゴウっす！」

「汚ねえゴミを掃除して欲しいって連絡があったんだが、現場はこちらで合ってるかい？」

　エレベーターからゆっくりと降りてきたのは、清掃業者の制服に身を包んだ桐也の片腕。

「シンさん！　ゴウさん！」

　菫が思わずその名を叫ぶと、脚立を軽々と肩にかついだゴウが、片手でキャップをかぶり直しながら、にっかりと笑った。

「加勢しに来やしたよ、姐御《あねご》！」

「俺らが来たからには、もう大丈夫っす！」

　武器ではなく、バケツとモップを掲げて、シンも白い歯を見せる。

「おまえら……！」

　危機を救う仲間の登場に、桐也の目が輝いた。その目を見たマサと拓海が叫ぶ。

「兄貴！　ここは俺たちに任せて、早く行ってくださいっす！」

「行ってください！　桐也さんっ！」

　随分と大柄な清掃員の登場に、敵の男たちはしばらく呆気《あっけ》に取《と》られていたが、彼らが桐也たちの仲間だとわかると、すぐに表情を変えた。

「ひとりも逃がさねえよ！」

　坊主頭の男が桐也の手から逃れ、再び拳を振り上げる。しかし桐也はそれを素早くかわすと、董の体をかばうような体勢になってその手を取った。

「行くぞ!」

「はい!」

董は強く頷く。そのまま桐也に手を引かれ、迫りくる攻撃の輪から抜け出した董たちと入れ替わりに、シンとゴウが渦中に飛び込んだ。

「おまえらなんぞは、モップの柄で十分よ!」

「知ってるか? 脚立ってのは武器にもなるんだぜ?」

長槍《ながやり》のごとくモップを振り回すシンと、脚立で敵をなぎ倒すゴウを横目に見ながら、董は桐也と共に、閉まりゆくエレベーターに体を滑らせた。


SLY FOX のボス、狐塚雷斗が潜む『飛翔の間』があるのは、ホテルの最上階だった。

桐也が目的の階のボタンを押したのを見て、董はほっと息を吐く。

「怖い思いをさせてすまなかった、董」

申し訳なさそうな顔をして、桐也がそっと董の頬に触れた。その手に自らの手を重ねた董は、顔を上げてその瞳をじっと見つめる。

「平気です。何もかも、覚悟の上でここへ来ましたから」

自分でも驚くほど、しっかりした声が出た。

見た目は豪華だが、建てられたのは何十年も前であることもあってか、エレベーターはゆっくりとした速度で上へと上がって行く。

桐也と話をするなら、このときしかないと、菫は深く息を吸い込んだ。

「桐也さん、話したいことがあります」

「なんだ?」

「この世界に身を置いている人間が、こんなことを言うのは……とても甘いことなのかもしれません。ですが、私の意見を言わせてください」

気にせず話してみろというように桐也が頷き、真剣な眼差《まなざ》しを向ける。

「SLY FOXと、戦いではなく話し合いをすることはできませんか?」

桐也の目が、驚いたように見開かれた。

やはり極道の世界で生きてきた彼にとって、菫のこの考えは、呆《あき》れるほどに生ぬるいものなのだろう。

しかしこれこそが、SLYFOXのアジトで彼らを見たときから菫が秘めていた考えであり、どうしても桐也に伝えたかったことであった。

「彼らの思想に同意をするわけでは決してありません。ですが、私は彼らの気持ちを少しだけわかってしまった……」

実の母と姉に虐げられて育った菫は、自分には本当の家族などいないのだという気持ちで生きていた。だからこそ、家族に捨てられた者の気持ちがよくわかる。いや、人の苦しみはそれぞれで、安易に「わかる」などと言い切るのはおこがましいのかもしれない。

しかしそれでも、彼らの抱える「哀《かな》しみ」に寄り添いたいと、そう思ってしまった。

そして自分と同じ哀しみを抱え、かつて手を差し伸べてくれた桐也ならば、この想《おも》いをきっとわかってくれるはずだとも――。

「家族や社会に見捨てられるのは、とても哀しいことです。でも、私には桐也さんがいる。絶望と希望は、きっと紙一重なんです。もし彼らに、獅月組のような居場所があれば……」

しかし菫は、その先を言い淀《よど》んでしまう。

自分はいったい、彼らをどうしたいのだろう。

一番は、彼らとの抗争を避けることだ。そしてもし、彼らが龍桜会と繋《つな》がっているのだとしたら、その企みを未然に阻止しなければならない。

いずれにせよ、今日この場での争いを避けることはできないだろう。

さっき思わず、彼らに獅月組のような居場所があれば……と口にしてしまったが、犬飼一家とのように盃《さかずき》を交わすのかと言われれば、それも違うような気がした。

ただもし、彼らが持つ「哀しみ」を本当に理解する者が現れたとしたら、争わずとも和平の道が開けるのではないかと、菫にはそう思えてならなかった。

しかしどう言葉にしたらよいかわからず、その顔は自然と下を向いてしまう。話を聞いてくれと、自分から申し出たにもかかわらず、結局は要領を得ない話をしてしまったことが恥ずかしくなった。

「——おまえの言いたいことはよくわかった」

しかし頭上に降ってきたのは、いつもどおりのやさしい声で、菫はハッとした。

「桐也さん……」

「実はおまえと同じことを、俺も考えていたんだ」

「ほんとう、ですか？」

「ああ。あいつらの抱える哀しみと絶望は、俺にもよくわかる。ただ、同情でカタがつけられるほど、この世界が甘くないのも事実だ」

「はい」

菫は背筋を伸ばして、その目をまっすぐに見据える。

「だから俺は、争いを最小限に抑えたいと考えている」

「現状では争いは避けられない。しかし奴らとの戦いに拳で勝つことができれば、話をする余地はあるはずだ。そのために、俺は最善を尽くそうと思う」

「桐也さん……」

この世界は勝ち負けがすべてだ。そんな世界に身を置く桐也が、戦わないという道を選ぶことは難しい。

しかしそんな状況のなかで、話し合うという未来の選択肢を残してくれた桐也の想いに、菫は本当の強さというものを感じた。

「そのために、俺もおまえに話さなければならないことがある」

「なんでしょうか？」

桐也のあらたまった表情を見て、菫は身構えた。

「俺は今日、武器を何も持っていない」

「武器……」

と、その重々しい言葉を繰り返す。

「おまえも見たとおり、奴らは武器を使うことを厭《いと》わない連中だ。いざ喧嘩となれば、何をするかわからない。そのことを考えて、拓海は俺にも武器を持つことを勧めたんだが、

「最小限に……」

俺はそれを断った」

「そんなことが……」

菫は小さく息を呑《の》む。菫の知る限り、桐也は普段から武器を持たない。

本来であれば、いくら極道といえど武器を持ち歩いていないことがわかれば、それは弱みにしかならない。しかし桐也は、極道同士で対峙《たいじ》する際にあえて武器を持たないことで、相手の信頼を得るやり方を選んでいるのだ。

だが有事となれば、それは別の話である。

まして今日の相手は何をしでかすかわからず、過去に武器を使った事実もある。そんな状況に丸腰で挑むことは、身の安全を考えれば不安であるが、菫には桐也の考えていることがわかるような気がした。

「おれはこの拳で、この件にカタをつける。もちろん、おまえのことは絶対に護《まも》るから、心配するな」

桐也はそう言って、菫の頭に手を置いた。

「はい」

菫が頷《うなず》くと、まるでふたりの話が終わるのを待っていたかのように、エレベーターのドアが開いた。

それからは、あっという間だった。

狐塚雷斗のいる『飛翔の間』に行きつくまでは、やはりあちこちに見張りの用心棒が待ち構えていて。しかし桐也は、彼らに出くわすたび目にも止まらぬ速さの拳で薙《な》ぎ払《はら》っていったのだ。

必ず護ると言った言葉は嘘《うそ》ではなく、菫を背にかばいながら戦うその姿は、不謹慎ではあるが、美しいとさえ思ってしまう。

（本当に、まるで獅子《しし》のよう……）

組長に認められた者しか彫ることのできないという、彼が背負った唐獅子の入れ墨が、菫の瞼《まぶた》に浮かんだ。

「菫」

自分よりもはるかに屈強な男を伸した桐也が振り返って名前を呼ぶ。

「平気か？」

「はい、桐也さんのおかげで傷ひとつありません」

そう言って笑うと、桐也がその大きな手を差し出した。その手を、強く取る。

「行こう」

「はい」

おそらくさっき倒した男が、最後の見張りだろう。このホテルで一番大きなバンケットルームである『飛翔の間』までは、その場所をわかりやすくするために赤い絨毯《じゅうたん》が敷かれていて、ふたりは手を取り合いながらその道を急ぐ。

その先には、まるで城の入り口のような観音開きのドアが待ち構えていた。菫と桐也は一度だけ見つめ合ったあと、その重いドアをゆっくりと開ける。

出迎えたのは、拍手の音だった。

「お見事ですね、さすがは獅月組の若頭です」

ドアの先で、華やかなスーツに身を包んだ壱伽《いちか》と弐凪《にいな》が立ちはだかる。

「全部、見ていたのか？」

桐也が問うと、壱伽は淡々と言った。

「ホテルの防犯カメラは、すべてこちらでも確認できるようになっています」

「何故《なぜ》仲間を助けなかった？」

「――仲間？」

壱伽は片方の眉を上げたあと、くつくつと笑う。

「奴らは金で買った、ただの駒です。どうなろうと我々の知ったことではない。ちょうど、ボスが退屈していたところでした。いい余興になりましたよ。さぁ、どうぞ奥へ。せっかくですから、ボスに挨拶をして行ってください」

そう言って壱伽が片手を上げると、弐凪も同じポーズをして「いらっしゃいませ〜」と店員のような口調でおどけた。菫は、彼らの指した方向に顔を向ける。

会場は目を見張るほど広く、しかしそんな広い部屋には、中央にぽつんとひとつ円卓が置かれているだけであった。

そしてそこに、狐塚雷斗がいた。

彼だけはパーティー衣装ではなく、はじめて会ったときと同じ服装をしている。ボロボロのスニーカーを履いた脚を椅子に上げ、円卓に並ぶ豪華な料理には目もくれず、ハンバーガーにかぶりついていた。

「会いに来てくれたんだ」

そう言って、雷斗は端にケチャップのついた口で笑った。その場面だけを切り取れば、まるで子どものように無邪気な笑顔に見える。しかし彼は、その無邪気な笑顔のまま刃物を振り下ろすことができる人間だ。

そう思うと、その笑顔が無垢《むく》であればあるほど恐ろしい。しかし恐怖に飲み込まれないよう、菫は深く息を吸った。

「やっぱりオレたちの仲間になりたくなった？　アンタなら歓迎だよ。オレ、アンタが一番のお気に入りだから。だって、強いもん」

「交渉をしに来た」

桐也はここに来た目的を、端的に言った。

「交渉……？」

まるでその言葉の意味がわからないというように、抑揚のない声で雷斗が繰り返す。

「オレ、めんどいの嫌いなんだけど。つまりどういうこと？」

「今すぐこのおかしなパーティーを中止しろ。そして俺たちのシマから手を引くんだ。さもなければ、俺はおまえらをこの場で潰す」

桐也の言葉を聞いた雷斗は「なーんだ」と言って、またハンバーガーをひとくち齧《かじ》る。それをゆっくりと咀嚼《そしゃく》して飲み込んだあと、「じゃあ答えは簡単だ」と言って、鋭い八重歯を見せた。

「オレたちがそのまえに、アンタらを潰すよ」

そう言って、雷斗は立てた親指で自らの首を掻《か》っ切《き》って見せる。彼の両脇に立った壱伽と弐凪が、ニヤリと笑った。

「イチ、ニイ。殺《や》れ」

雷斗の命令を受けて、壱伽と弐凪が右と左からゆっくりとこちらに向かってくる。桐也はすぐに戦えるよう、構えの姿勢を取った。

しかし距離を詰めたふたりは、すぐに攻撃を仕掛けてはこなかった。壱伽が口を開く。

「貴方《あなた》にもう一度、チャンスを差し上げましょう。我々 SLY FOX の仲間となって、この国の裏社会統一を目指しませんか？」

「断る」

桐也は迷わず答えた。しかしそれは想定内だというように、壱伽は不敵に笑いながらカチャリと眼鏡を上げる。

「何故です？　貴方もかつては金色の暴れ獅子と呼ばれ、その抑えきれない憎しみを社会へとぶつけていた。我々と同じ思想を持っていたはずの貴方が、何故ヤクザの犬などに成り下がっているのでしょう？」

「成り下がった覚えはねえよ」

桐也はそう言ってから、話を続ける。

「俺は親父《おやじ》に命を救われたんだ。あの頃の俺は、死んでいるも同然だった。親父はそんな俺に、居場所をくれたんだ。だから俺は、絶対に組を裏切らねえ」

「それが極道の道……任侠道《にんきょう》というやつですか？」

くっと喉を鳴らして、壱伽が嘲るように笑う。しかし桐也は眉ひとつ動かさず、「ああ、そうだ」と胸を張った。

「まったく、くだらない。仁義だのなんだのといって、やっていることは我々と変わらないではないですか」

桐也は少し考えてから、口を開く。

「おまえの言うとおりだ。ヤクザもんが善悪を語ろうなんて思っちゃいない。だがな、俺たちは堅気の人間には絶対に手を出さねえ。この世界のことはこの世界でカタをつけなきゃなんねえんだ。それが極道の——一番の仁義なんだよ」

「だから我々を許すことはできないと、そういうことですか？」

「ああ、テメーらは一般人を巻き込んだ。極道の掟《おきて》を無視して、この世界に踏み込んだんだ。だから俺は、おまえらを倒さなければならない」

「よく、わかりました」

そう言って、壱伽は眼鏡をカチャリと上げた。

「やはり我々は、戦うしかないようですね」

その言葉を合図に弐凪が息を吐き、左の拳を手の平に打ち付ける。

「覚悟をしてください。私は容赦しませんよ！」

まるで獲物に飛び掛かる蛇のように、壱伽が飛び出した。シュッ──と鋭く息を吐き、右脚を顔面まで振り上げる。桐也は菫を背にかばいながら、その長い脚をクロスした腕で受け止めた。

「いい蹴りしてんじゃねえか、参謀さんよ」

「鍛えているのが頭脳だけだとお思いですか？　私の蹴りを一発で止めたのは、貴方がはじめてですよ。久しぶりにやりがいがあります」

脚を降ろした壱伽は、すぐに体勢を変えた。

「腹がガラ空きだぜ！」

叫びながら、今度は弐凪が左の拳を打つ。間一髪のところで桐也は身を翻し、それを回避した。

「俺のパンチを避けるなんてやるじゃん。一応、格闘技も齧ってたんだけどな」

弐凪は手首をひねりながら、ぴょんぴょんと嬉《うれ》しそうに飛び跳ねる。

「へえ、その割には遅いんだな」

しかし桐也に挑発され、悔しそうにその顔を歪《ゆが》めた。

「はぁ？　なんだよ！　マジでムカつく！　イチ兄！　こいつ、そっこーでやっちゃおうぜ！」

「言われなくとも」

そう言って頷《うなず》き合ったふたりは、今度は両側から同時に拳を振るった。壱伽は顔面に向かって、そして弐凪は再び腹を狙っている。背後にいる菫にもわかるほどのスピードだ。

(危ない……！)

思わず目を瞑《つぶ》ってしまった菫に聞こえてきたのは、小さなうめき声だった。目を開けると、桐也の右頬に壱伽の拳が当たっていた。

「っ……くっ」

しかし桐也は膝をつくことなく息を吐いて持ちこたえ、それでも菫の盾となっていた。

(桐也さん……！)

息が、止まりそうになる。

桐也が菫を護《まも》るため、全力を出せていないことは明らかだった。戦いの場において、自分はやはりお荷物になってしまうのだろうか。

桐也の足手まといにはなりたくない。何かひとつでも、獅月組の役に立ちたい。

そう思って、ここにやって来たのに——。

「痛くもなんともねえ、来いよ」

しかし拳をくらってもなお、闘志を失うことなく立ち上がる桐也の姿を見て、菫はすぐにその弱気を振り払った。

(違う、私はお荷物なんかじゃない)

きっとした鋭い目つきをして、顔を上げる。

「桐也さん！　私のことは気にせず戦ってください！」

菫は桐也の腕を取って、そう言った。

「菫！　だ、だがしかし――」

「私のことは構いません！　自分の身は、自分で護りますから！」

その言葉に驚いたように双眸《そうぼう》を見開いていた桐也だが、菫の想《おも》いが伝わったのだろう。

すぐにその口元に笑みを浮かべた。

「――わかった。下がってろ、十秒でカタをつける」

「はい！」

言われて距離を取り、その隙に桐也は壱伽に拳を振り上げる。

「なっ……！」

それは目にも留まらぬスピードであった。己の拳が当たったことで油断していた壱伽は、本気を出した桐也の力を侮っていた。鈍い音がして、桐也の拳が腹にめり込んだ。壱伽は声にならない声を吐いて膝をつく。

「イチ兄！　クソッ！」

弐凪が拳を構えて、桐也に向かって飛び込もうとした、そのときだ。

「ニイ、女を殺れよ」

無機質な声がして、雷斗が弐凪に向かって何かを投げた。上質な絨毯《じゅうたん》の上に落ちたそれは、音を立てず静かに落下する。サバイバルナイフだった。全員の視線がそれに集中した。

「っ……」

桐也が真っ先に走り出す。弐凪は一瞬のためらいを見せたが、足元に落ちたそれを拾い上げた。

「う、うああああああ！」

その手も声も、震えている。しかし自身を奮い立たせるかのように弐凪は叫びながら、菫に向かってナイフを振り下ろした。

「菫っ！」

愛《いと》しいひとが名前を呼ぶが、伸ばした手は一歩届かない。

しかし菫は、今度は目を閉じなかった。

キン——と鋭い金属音が鳴り、悲痛な叫び声が響く。その声を上げたのは、弐凪だった。

「なっ、なんでっ……」

菫に腕をひねり上げられている状態の弐凪が、悶え苦しみながら戸惑ったように両目を動かしている。払いのけられて吹き飛んで行ったナイフが、壁から滑り落ちた。

弱点となる関節を押さえ込んでいるが、しかし女の力ではここまでが限界だ。菫はひねり上げている腕に全身の力を込めて、弐凪の体を地面に払った。

「桐也さん！　今です！」

慌てて体勢を立て直した弐凪の腹に、桐也の脚が伸びる。疾風のごとき速さの蹴りをまともに食らった弐凪は、声もなくその場に崩れ落ちた。

「菫！　大丈夫か⁉」

桐也が駆け寄り、肩で息をしながらへたり込む菫を抱き締めた。

「平気です。なんともありません」

そう返事をしたが、桐也の体は小さく震えていた。

「おまえ、どこでそんな技を覚えたんだ」

「拓海さんに、こっそりと護身術を習っていたんです」

「護身術？」

菫は「はい」と頷いた。

SLY FOXの根城に連れて行かれたあの日のあと。狐塚雷斗を前にただ震えることしかできなかった自分を、菫は不甲斐《ふがい》ないと思った。このままでは、彼の持つ大きな闇に呑《の》まれてしまうかもしれない。そうでなくても、また奴らに刃物を振るわれでもしたら、菫はまた、獅月組の弱みになってしまうと、そう思った。

それだけは避けたくて、だから菫は、拓海に頼み込んで護身術の教えを請うたのだ。

拓海の訓練は、その宣言どおり厳しいものだった。しかし護身術は菫にとってはじめての実践で役立つ技術であり、それを覚えられるのだと思うと、大きなやりがいを感じることができた。

驚いたのは、少しずつ技術を習得するうちに、心まで強くなったこと。

菫が今日、何があっても気持ちを揺らすことなく、恐怖に負けずに立っていられたのは、自分を護るための力を手に入れたおかげであった。

「実践では桐也さんのお役に立つことはできません。でも、せめて自分の身は自分で護りたかったんです」

そう言って笑うと、桐也は大きく息を吐いて、もう一度菫を強く抱き締めた。

「ったく、おまえは無茶しやがる」

「すみません。ご心配をおかけしました」

「いや、それでこそ俺の——獅月組の妻《おんな》だ」

桐也はまるで口づけをするように、こつりと額をぶつけて言った。その言葉は、どんな言葉よりも菫の心を熱くする。

菫に寄り添うようにしたまま、桐也は雷斗に向き直って言った。

「側近は倒した。あとはおまえだけだ」

そう言うと、雷斗は持っていたハンバーガーを投げつけるように卓に置き、椅子から飛び降りた。ぶかぶかの黄色いタータンチェックのシャツを羽織った両腕をだらんと垂らしながら、こちらにゆっくりと近づいてくる。

「めちゃくちゃ強いね。あーあ、やっぱりアンタが欲しかったなぁ」

雷斗は無表情のまま、そう言った。

「俺はモノじゃねえ。人には心がある。そして俺の心は、おまえには動かなかった。それだけのことだ」

「なにそれ。人間なんて使い捨てだよ。だから暴力と金で従わせる。それだけだ。アンタもやってることでしょ。だってヤクザだもん。ヤクザこそ、暴力しか脳のない金の奴隷だ」

「違います！」

菫は思わず叫んだ。桐也をモノ扱いされ、貶《おとし》められたことに我慢ができなかったのだ。

「黙ってろよ、おまえなんてお飾りの女だろ」

鋭い語気で凄《すご》まれ、身がすくみそうになる。しかしこれが、最後の話し合いの機会だろうと、菫は震える手を握り締めた。

「そうかもしれません。でも獅月組の姐御《あねご》として、一言だけ言わせてください。桐也さんは、決してそんな人間ではありません。この世界が綺麗《きれい》ごとの世界でないことはわかっています。ものごとを解決するのに、ときには拳を使うこともある。でも桐也さんは、その拳を一般の方には決して振るいません。組長さんの教えに従って、堅気の方に迷惑を掛けぬよう生きています」

そう言うと、雷斗は「ハハッ」と乾いた声で笑う。

「だから何？　それでもヤクザやってたら同じだ」

「わかっています、でも……」

心が痛むのを堪えるように、菫は絞り出すような声で言った。

「私も桐也さんも、この世界でしか生きられなかった――」

雷斗の言うことは、そのとおりだ。どんなに頭をひねっても、彼に届くような言葉が見つからない。しかしそれでも、かつての自分と同じ瞳をしている彼に、菫はどうしても伝えたいことがあった。

「かつて桐也さんが組長さんに救われたように、私は桐也さんに救われました。だからこの世界で生きていくことを決めたのです。だから私は、私たちの居場所を、そして家族を護りたい。それだけなんです」

知らず知らずのうちに、菫の目は桐也のほうを向いていた。そして桐也は、自分も菫の想いと同じだというように、深く頷く。

「あなたにも、そんな護りたい場所や人がいるのではないですか？　人間を使い捨てだと言ったあなたが、壱伽さんと弐凪さんだけは側においている。そしてSLY FOXの名を名乗り続けているのは、その場所が大切だからではないのですか？」

「…………」

雷斗は目を伏せて黙り込んだ。

自分の想いが、少しでも彼に届いたのだろうか。もし彼に、仲間を大切に想う気持ちがあるならば、この街で抗争を起こすなどという無謀な計画を、考え直してくれるに違いない――。

しかしそれは、菫の甘い考えに過ぎなかった。

「……そんなものないよ。イチもニィも、便利だから使ってるだけだ」

まるで冷たい手で摑《つか》まれたように、心臓が縮み上がった。

「てめえ！　あいつらは仲間だろっ!?」

怒りを帯びた桐也の声が響く。しかし雷斗は、顔色ひとつ変えることはなかった。

「仲間……？」

そんな言葉は知らないというように、雷斗は無表情のまま首を傾《かし》げた。

届かなかったのだ。菫の言葉は、何も。

いや、話し合いで解決できるかもしれないという考えこそが、はなから浅はかであったのだろう。たったひとつの希望を失った菫は、悔しさと深い哀《かな》しみに打ちひしがれた。

「ねえ、もう話終わっていい？　そういうの、めんどいからさ」

サイズの大きいシャツがずるりと落ちて、その華奢《きゃしゃ》な右肩が露《あらわ》になる。

そのとき菫は、ふと不自然なことに気づいた。彼の着ているシャツはサイズが合っておらず、確かに大きいように見える。しかしそれにしても、重心がおかしいような気がした。

シャツは胸元と腹のあたりに四つ大きなポケットがあるのだが、その右下のポケットに、まるで重たいものでも入っているようだ。

しかし違和感に気づくことができても、菫にはその理由までは思い至らなかった。

「そう……めんどくさいんだよ……ごちゃごちゃごちゃごちゃ……」

そう言ってうつむいた雷斗が、右下のポケットに手を突っ込む。

桐也が立ち上がろうとしたが、冷たい金属音がそれを制した。

「っ……！」

「――とりあえず、消えろよ」

雷斗が構えているのは拳銃だった。

（まさか、そんな……）

銀色に鈍く光る銃口を向けられ、菫の全身が冷え切った。

息がうまくできず、呼吸が荒くなる。恐怖のみに支配されてしまった頭の隅で、もしかしたらこれは玩具で、ただ菫たちを脅すためのものではないかと、そんなことを考えた。

しかし菫をかばうように抱いて微動だにしない桐也を見れば、それが菫の単なる願望であることは明らかであった。

「はじめからこうすりゃよかったんだ。獅月組はアンタでもってるようなもんだろ。だからアンタさえいなくなれば簡単だ」

雷斗の指は引き金に掛けられている。その表情に、ためらいの色はなかった。

「じゃあね、トーヤさん。今度は地獄で遊んでよ」

かち、と音がして発砲音が鳴る。耳をつんざくような音だ。しかし目を閉じる暇はなく、菫はそれを見ていた。確かに菫たちのほうに向けられていたはずの銃が、空を舞っている。

「え」

短く声を発したのは雷斗だ。何が起こったかわからないというように目を見開いたあと、右肩を押さえてがくりと膝をついた。

「なん、で……」

その真っ白な二の腕に、つつと鮮血が流れている。何が起きたのかわからず呆然《ぼうぜん》とする菫とは裏腹に、桐也は銃声のした方向を正確に振り返っていた。遅れてその方向を見た菫は、息を吞む。

そこに立っていたのは、白いスーツを着て銃を構える金髪の男。

龍桜会若頭の龍咲《りゅうざき》美桜であった。

真っ黒な銃口からは硝煙が立ち上っていて、雷斗の肩を撃ったのは彼だとわかった。

(どうして美桜さんが……)

この場に美桜がいるということは、やはりSLY FOXと龍桜会は繋《つな》がっているということだろうか。いや、しかしそれでは、彼が雷斗を撃ったことの説明がつかない。

菫が戸惑っていると、美桜がゆっくりとこちらに向かって歩いてきた。あとから舎弟の鯉塚清史《こいづかきよふみ》も姿を見せる。美桜は背後を振り返ることなく持っていた銃を彼に渡すと、口の端を上げて言った。

「おまえみたいなガキに桐也はヤらせないよ」

膝をつき痛みに顔を歪《ゆが》ませた雷斗が、美桜を睨《にら》み上げた。

「何故《なぜ》……アンタがオレを……」

「あの程度の見返りで、この僕を抱き込んだと思ったのなら随分といい気なものだね」

美桜がそう言うと、うずくまっていた壱伽が体を起こして言った。

「そ、それでは貴方《あなた》は……我々の仲間になったふりを……」

それには答えず、まるで虫けらを見るような目で壱伽を一瞥《いちべつ》する。

「僕を誰だと思ってる？　僕はいずれ龍桜会の頂点に立つ男だ。おまえらのようなクズを相手にするわけがないだろう。でもまァ、おまえらの持っている情報は役に立ったよ」

「オレを……騙《だま》したな……」

傷口を押さえながら雷斗が立ち上がろうとするが、それは叶《かな》わなかった。

「騙す？　何を言ってるんだい」

フッと美桜が笑う。

「——これが本物の極道のやり方だよ」

そう言って雷斗を見下ろす美桜は、まるでか弱い獣の前に立ちはだかる巨大な龍のようであった。そして龍は、これで自分の仕事は終えたとばかりに身を翻す。

「美桜！」

敵対する因縁の相手の名を、桐也が呼ぶ。振り返った美桜の目は、いつもより熱を帯びているように見えた。

「勘違いするな。おまえを助けたわけじゃない」

「っ……！」

その言葉を聞いた桐也が、大きく目を見開く。何故だかはわからないが、このときふたりが、ふたりだけにしかわからない言葉で会話をしているように、菫には見えた。

「この借りは必ず返す」

そう言った桐也の口元が、満開の桜でも見たかのようにほころんでいて、ハッとする。

しかし美桜は、「フン」と息を吐いてすぐにまた背を向けてしまい、彼がどんな顔をしていたかまではわからなかった。

美桜はゆっくりとした足取りで部屋を出て、入れ替わりに控えていた清史が、菫たちのもとにやってきて囁《ささや》いた。

「じきに警察が来ます。我々はSLY FOXの情報を提供する代わりに、ここで彼らが起こしたこと以外すべて見逃すようにと手配済みですから、すぐにこのホテルを出てください」

「恩に着る」

桐也が頭を下げると、清史は美桜のあとを追いかけた。

「行くぞ、菫」

言われて立ち上がる。しかし残して行く彼らのことが気になって、菫は振り返った。

「どうして……どうしてみんなオレのものにならないんだよ……どうして……」

血で真っ赤に染まった腕を気遣うこともなく、雷斗は両手を床に打ち付けていた。それを見た壱伽と弐凪が、よろめきながら駆け寄る。

「ボス、私たちがいます」

「ボス！ だって約束したじゃんか！ 俺たちは裏社会の頂点に立って——

——自由に生きられる世界を手に入れるんだって！」

弐凪の悲痛な声が、桐也に手を引かれる菫の耳に届いた。そのまま部屋を出たため、雷斗がそれになんと答えたのかはわからない。

しかしそれが、きっと彼らの本当の願いだったのだろうと、菫はそう思った。

最終章　これからのふたり

こうして、SLY FOX の企《たくら》みは未遂に終わった。

窮地のところを龍咲美桜《りゅうざきみおう》に救われた桐也《とうや》と菫《すみれ》は、すぐに拓海《たくみ》たちと合流をして、事前に用意していた車に乗りホテルを去った。

その後の処理は拓海が請け負ってくれたが、清史《きよふみ》が言ったとおり、SLY FOX が起こしたこと以外の痕跡は、すべてなかったものとされていたという。その後を伝えるニュース記事では、詐欺グループを一網打尽にしたという警察の手柄だけが報じられていた。

美桜のやり方は見事であった。SLY FOX の誘いに応じるフリをして、甘い蜜だけを吸い、奈落の底へと突き落とした。仮面舞踏会にやって来た客のなかには、龍桜会《りゅうおうかい》と関係のある人物もいただろう。美桜は SLY FOX を泳がせて、あえてパーティーを開催させた。そして今後自分たちを裏切る可能性のある組織をあぶり出し、国家機関を使って正しく排除させたのだ。巨大組織には、事前に情報を伝え、恩を売ることもできるだろう。

いずれにせよ、SLY FOX は龍桜会の手の平で踊らされていたということだ。

「あいつはあいつなりのやり方で、自分の組を護《まも》ったのだろう」

帰りの車の中で、ハンドルを握る桐也が言ったことを思い出す。そう話す桐也の表情は、どこか満足げでうれしそうだった。

狡猾《こうかつ》な美桜のやり方とは裏腹に、正面から敵地に乗り込んで決着をつけようとした桐也。ふたりはどこまでも対照的で、しかしだからこそ宿命のライバルなのかもしれないと、菫はそんなことを思う。

(私はまだ、この世界のことを何もわかっていない……)

菫はソファの上で開いていた文庫本を、ぱたりと閉じた。

あれからずっと、この事件のことばかりを考えている。暑い夏はまだ続いていて、青空に大きく輝く太陽を見るたび、稲妻のように一瞬のきらめきで輝こうとした彼らのことを、思い出してしまうのだ。

どうすれば、こうなるまえに彼らのことを止められたのだろう。思い返してみればはじめから、菫は彼らの生い立ちに同情をしていたのだ。

刃物を向けられたこと、SLY FOXがこの街に対して行ってきたことは、許せることではない。しかしそれとは別のところで、もし彼らが哀しい生まれ育ちをしていなければと、そんなことを思ってしまうのだ。

（やっぱり私は、甘いのかな）

出ない答えを考えていると、本を持つ手元に影が落ちた。

「何をぼんやりしているんだ？」

顔を上げると、桐也が心配したように菫を覗《のぞ》き込んでいる。

「いえ、なんでもありません。ちょっと、考えごとをしていました」

そう言うと、「そうか」と言って、桐也が隣にやって来る。彼の重みで、ソファが大きく軋《きし》んだ。

「桐也さん、あの……SLY FOXのみなさんは、これからどうなるのでしょうか？」

菫はずっと気になっていたことを、ためらいながら訊《き》いた。

「あれだけのことをしでかしたからな。長く出て来られないだろう」

「そうですか」

それは社会では当たり前の道理だ。そして長い年月を経て、もし彼らがまたこの街に戻れたとしても、その居場所を見つけることは、おそらく難しいだろう。

自由に生きられる世界を手に入れたいと願っていた、彼らの言葉を思い出す。

「桐也さん……」

「なんだ？」

「すべてのひとが等しく愛されて、ずっと幸せに生きられる世界が、本当はあるといいですね」

ふと零《こぼ》した言葉は、もしかしたら菫が幼いころからずっと願っていた、理想の世界のことだったのかもしれない。

「——そうだな」

愛するひとが、そっと菫を抱き締める。その温《ぬく》もりに包まれながら、どうか彼らがいつか、そんな世界で生きられることを願った。

「いろんなことがあったな。せわしない夏だった」

桐也の言葉に、菫は「ふふっ」と笑う。

「まだ、夏は終わっていませんよ。世間は夏休み真《ま》っ只中《ただなか》です」

「そうだな、俺たちはとんだ夏休みだった」

桐也もそう言って笑い、菫は「そうですね」と頷《うなず》く。本当に、いろんなことがあった。いろいろあったし、思うところもたくさんあるのだけれど、この街を脅かす脅威が去ったことだけは、菫たちにとって喜ばしいことだった。

「おまえには大変な思いをさせてしまったな。たくさん怖がらせてしまった」

まるで小さな子どもにするように、大きな手で頭を撫《な》でられて、菫は思わず甘えるように、その肩に頭を置く。

「いえ、楽しいこともたくさんありましたから」

「楽しいこと？」

「桐也さんとディナーに行けましたし、ホストの姿になった桐也さんは新鮮でした」

「……俺は二度とごめんだ」

あのときのことを思い出しているのだろう。桐也は苦々しい表情で顔をしかめた。

「それに仮面舞踏会のときの桐也さんは、王子様みたいでした」

「お世辞はいい。だって俺は、王子様ではなく魔法使いなんだろう？」

ディナーのときに、菫がうっかり言ってしまった言葉を持ち出して、桐也がまた、からかうように言う。だから菫は、少しムキになってしまった。

「ち、違います！　桐也さんは誰がなんと言おうと王子様です！　強くてやさしくてかっこいい、私がずっと憧れていた、私だけの王子様ですから！」

桐也の返事はなかった。ハッと気づけば、両手を強く握り締めるほどの菫の力説ぶりを見て、呆気《あっけ》に取《と》られたようにぽかんと口を開けている。

（いけない、とうとう私、言ってしまった……）

いい年齢《とし》をして王子様への憧れと、よもやそれを桐也に投影していたということまで告白してしまい、菫は真っ赤になった。

(桐也さんに呆《あき》れられちゃう……)

しかし桐也のやさしい眼差《まなざ》しは変わらないどころか、いよいよ小さな子を愛《め》でるように細められていて、菫はそのまま強い力で抱き締められた。そして——。

「——おまえもお姫様だよ」

「……!」

耳元で囁かれた言葉に、菫は飛び上がりそうなくらい驚いてしまう。思わず体を離すと、桐也は真剣な表情でなおも言葉を続けた。

「世界で一番かわいい、俺だけのお姫様だ」

「?!!??」

その言葉はなんと、拓海のホスト講座のときに菫が耳打ちをした、『女性を喜ばせる甘い言葉』を、桐也がアレンジしたものだった。

「とっ……桐也さん……ど、どうして……?」

息も絶え絶えにそう質問すると、桐也が言った。

「おまえのためにとっておいたんだ。こんな言葉、他の女に言えねえよ」

「っ……」

　菫は愛おしさのあまり乱れそうになる呼吸を整えながら、両手で口元を覆った。

「桐也さんっ！」

　いつもなら照れくさくてできない自分からのスキンシップも迷うことなく、菫は桐也にぎゅっと抱き着く。

「わっ、す、菫？」

「……桐也さん！　それはずるいですよ！」

　菫は思わず叫んでしまう。

「なっ、何がだ？」

「だってだって、女のひとに甘い言葉を掛けるなんて無理だって言ったじゃないですか！　それなのに、ふっ、不意打ちでそんなこと……」

「わ、悪かった。言い方がよくなかったか？」

「違います！」

　菫は顔を上げて、きっぱりと言い切る。

「ときめきすぎて……困ります……」

　顔を真っ赤にして、あまつさえ瞳を潤ませながら、菫はそんなことを言ってしまった。

「ふっ……」

その顔を見て、桐也が吹き出す。

「わ、笑わないでください！」

「いや、すまない……すごく……」

かわいかったから——おかしくてたまらないというように笑いながら、桐也が小さな声で言う。しかしそのことも恥ずかしくて、菫はぷいと顔をそらしてしまった。

そんな菫の耳元に、桐也の唇が近づけられる。

「菫、いつかシンデレラのような結婚式を挙げよう」

「えっ……」

突然にそんなことを言われて戸惑っていると、桐也は話を続けた。

「い、いいん……ですか……？　そんな、夢みたいなこと……」

「ああ、もちろんだ。ウェディングドレス、きっと似合うだろうな。ああ、でも着物姿のおまえも見てみたい」

「桐也さん、き、気が早いです！」

そう言いながらも、菫の胸はその夢のような結婚式を想像して、ドキドキと激しく高鳴ってしまう。

（タキシードも和装も、桐也さんだってどっちも絶対に似合う……！）

そして気が早いのは、菫も同じだった。

いろいろなことを想像……いや、妄想してしまい、ひとり真っ赤になってわたわたする菫は、そんな自分を見て桐也が微笑《ほほえ》んでいることには気づかない。

「結婚式を挙げたあとは、新婚旅行にも行こうな。それからも、ときどきは豪華な食事をして、ふたりで出かけよう。綺麗《きれい》な洋服も、たくさん買ってやる。俺がおまえをずっと、お姫様にしてやるよ」

「桐也さん……！」

ふたりのこれからには、幸せな未来が待っている。

こうして一生分の甘い言葉を浴びた菫は、心も体も、まるでコーヒーに落とした砂糖菓子のようにとろけてしまったのだった。

お便りはこちらまで

〒一〇二―八一七七
富士見L文庫編集部　気付
美月りん（様）宛
篁　ふみ（様）宛
すずまる（様）宛

この物語はフィクションです。
実在の人物や団体などとは関係ありません。

富士見Ｌ文庫

意地悪《いじわる》な母《はは》と姉《あね》に売《う》られた私《わたし》。何故《なぜ》か若頭《わかがしら》に溺愛《できあい》されてます 3

美月《みつき》りん

2023年10月15日　初版発行

発行者　山下直久
発　行　株式会社 KADOKAWA
〒102-8177　東京都千代田区富士見2-13-3
電話　0570-002-301（ナビダイヤル）

印刷所　株式会社暁印刷
製本所　本間製本株式会社
装丁者　西村弘美

定価はカバーに表示してあります。

◇◇◇

ISBN 978-4-04-074848-1 C0193